MÄRCHENHAFTE WEIHNACHTEN

Wintermärchen aus aller Welt

WUNDERHAUS VERLAG

Von den zwölf Monaten

Ein Volksmärchen

Es war eine Mutter, die hatte zwei Töchter: eine Eigene und eine Stieftochter. Die eigene Tochter, Helena, hatte sie sehr lieb, doch die Stieftochter Mariechen mochte sie nicht. Und das nur, weil Mariechen schöner als ihre Helena war. Das gute Mariechen wusste von dieser Schönheit nichts und auch nicht, warum die Mutter stets so böse war, wenn sie sie nur ansah. Mariechen kümmerte sich um alle anfallende Arbeit: die Stube aufräumen, kochen, waschen, nähen, spinnen, weben, Gras kehren und die Kuh versorgen. Helena dagegen war faul. Doch Mariechen tat alles gern und ertrug geduldig das Schelten und Schimpfen der Schwester und der Mutter. Aber es wurde schlimmer von Tag zu Tag. Und zwar bloß deshalb, weil Mariechen jeden Tag schöner und Helena immer hässlicher wurde. »Warum soll ich die schöne Stieftochter im Haus erdulden?«, dachte sich die Mutter, »Die Burschen werden sich auf Brautschau in Mariechen verlieben und Helena werden sie nicht haben wollen.« Deshalb versuchten sie und ihre Tochter, das arme Mariechen loszuwerden. Sie quälten sie mit Hunger und mehr Aufgaben im Haus – aber Mariechen ertrug sie geduldig, wurde von Tag zu Tag schöner.

Eines Tages – es war Mitte Januar – verlangte Helena nach einem Veilchen.

»Geh, Mariechen, und bring mir aus dem Wald ein Veilchensträußlein«, befahl sie ihrer Schwester. »Ich will an ihm riechen!«

Aber Mariechen antwortete: »Ach Gott, meine liebe Schwester, wo soll ich im Winter unter dem Schnee ein Veilchen finden?«

»Du nichtsnutziges Ding, du widersprichst, wenn ich befehle?«, schrie Helena und drohte: »Geh jetzt in den Wald und wenn du mir keine Veilchen bringst, erschlage ich dich!«

Die Stiefmutter packte Mariechen, stieß sie aus der Tür hinaus und schloss diese hinter ihr.

Bitter weinend ging das Mädchen in den Wald. Der Schnee lag hoch und nirgends waren Fußspuren zu sehen. Die Arme irrte und irrte umher, Hunger plagte sie, Kälte schüttelte sie. Sie betete zu Gott, bat ihn, er möge sie aus dieser Welt zu sich holen.

Da erblickte sie in der Ferne ein Licht. Sie ging dem Glanz nach, bis auf den Gipfel eines Berges, auf dem ein großes Feuer brannte. Und um das Feuer lagen zwölf Steine, auf den Steinen saßen zwölf Männer. Drei waren graubärtig, drei waren jünger, drei waren noch jünger und die drei jüngsten von ihnen waren die schönsten. Sie sagten nichts, sahen nur still in das Feuer. Die zwölf Männer waren die zwölf Monate.

Ganz oben saß der Älteste, der Januar, mit Haaren und Bart weiß wie Schnee, in der Hand ein Stab.

Mariechen erschrak, blieb kurz stehen, fasste aber schließlich Mut und trat an das Feuer heran. »Erlaubt mir, dass ich mich an eurem Feuer wärme«, bat sie, »die Kälte schüttelt mich.«

Der Januar nickte und fragte: »Warum bist du hergekommen, Mädchen? Was suchst du hier?«

»Ich suche Veilchen«, antwortete Mariechen.

»Überall liegt Schnee — es ist nicht die rechte Zeit, Veilchen zu pflücken«, sagte der Januar und traurig entgegnete Mariechen:

»Das weiß ich wohl. Aber meine Schwester Helena befahl mir, ihr Veilchen aus dem Wald zu bringen. Bringe ich sie nicht, so schlägt sie mich tot. Bitte ihr lieben Leute, sagt ihr mir, wo ich die Veilchen finde?«

Da erhob sich der Januar und trat auf den Jüngsten unter ihnen zu, gab ihm den Stab in die Hand und sagte: »Bruder März, setz du dich oben an.« Und der Monat März setzte sich oben an und schwang den Stab über dem Feuer. Im selben Augenblick loderte es höher, der Schnee taute, die Bäume schlugen aus, Gras grünte, darin keimten bunte Blumen — und es wurde Frühling. Verborgen unter dem Gebüsch blühten Veilchen. So viele, als ob jemand ein großes Tuch ausgebreitet hätte.

»Schnell, Mariechen«, sagte der März, »pflück sie!«

Und Mariechen pflückte freudig, bis sie einen großen Strauß beisammenhatte. Sie dankte den Monaten und eilte froh nach Hause.

Helena wunderte sich und auch die Stiefmutter wunderte sich, als sie Mariechen erblickten, wie sie einen Veilchenstrauß bei sich trug. Sie öffneten die Tür, der Duft der Blüten breitete sich in der ganzen Hütte aus.

»Wo hast du sie gepflückt?«, fragte Helena wütend und Mariechen antwortete: »Oben im Wald auf einem Berg, da wuchsen sie unter einem Strauch.« Helena nahm die Veilchen, roch an ihnen und ließ auch die Mutter riechen. Zur Schwester sagte sie nicht einmal: »Riech doch auch.«

Am Tag darauf befahl Helena dem Mariechen: »Geh, Mariechen, und bring mir Erdbeeren aus dem Wald.«

Aber Mariechen antwortete: »Ach Gott, meine liebe Schwester, wo soll ich im Winter unter dem Schnee Erdbeeren finden?«

»Du nichtsnutziges Ding, du widersprichst, wenn ich befehle?«, schrie Helena und drohte: »Geh jetzt in den Wald und wenn du mir keine Erdbeeren bringst, erschlage ich dich!«

Die Stiefmutter packte Mariechen, stieß sie aus der Tür hinaus und schloss diese hinter ihr.

Bitter weinend ging das Mädchen in den Wald. Der Schnee lag hoch und nirgends waren Fußspuren zu sehen. Die Arme irrte und irrte umher, Hunger plagte sie, Kälte schüttelte sie. Da erblickte sie in der Ferne dasselbe Licht wie noch am Tag zuvor. Freudig eilte sie hinauf und kam zu dem Feuer, um welches die zwölf Monate saßen. Der Januar saß oben an.

»Erlaubt mir, dass ich mich an eurem Feuer wärme«, bat sie, »die Kälte schüttelt mich.«

Der Januar nickte und fragte: »Warum bist du wiedergekommen, Mädchen? Was suchst du hier?«

»Ich suche Erdbeeren«, antwortete Mariechen.

»Überall liegt Schnee — es ist nicht die rechte Zeit, Erdbeeren zu pflücken«, sagte der Januar und traurig entgegnete Mariechen: »Das weiß ich wohl. Aber meine Schwester Helena befahl mir, ihr Erdbeeren aus dem Wald zu bringen. Bringe ich sie nicht, so schlägt sie mich tot. Bitte ihr lieben Leute, sagt ihr mir, wo ich die Erdbeeren finde.«

Da erhob sich der Januar und trat auf den Monat zu, der ihm gegenübersaß, gab ihm den Stab in die Hand und sagte: »Bruder Juni, setz du dich oben an.«

Und der schöne Monat setzte sich oben an und schwang den Stab über dem Feuer. Im selben Augenblick loderte es höher, der Schnee taute, die Erde grünte, die Bäume bedeckten sich mit grünem Laub, Vögel sangen und Blumen blühten — und es wurde Sommer.

Und unter dem Eichenbäumchen glitzerten weiße Sternlein, als ob sie jemand dort ausgesät hätte. Bald verwandelten sich die weißen Sternlein in Erdbeeren, sie reiften schnell und wuchsen. So viele, als ob jemand auf der grünen Wiese Blut ausgegossen hätte.

»Schnell, Mariechen«, sagte der Juni, »pflück sie!«

Und Mariechen pflückte freudig, bis sie ihre Schürze voll hatte. Sie dankte den Monaten und eilte froh nach Hause.

Helena wunderte sich und auch die Stiefmutter wunderte sich, als sie Mariechen erblickten, wie sie Erdbeeren bei sich trug, die ganze Schürze voll. Sie öffneten die Tür, der Duft der Erdbeeren breitete sich in der ganzen Hütte aus.

»Wo hast du sie gepflückt?«, fragte Helena wütend und Mariechen antwortete: »Oben im Wald auf einem Berg, da wuchsen sie in Fülle unter den Eichen.« Helena nahm die Erdbeeren, aß sich satt und gab auch der Mutter zu essen. Zur Schwester sagte sie nicht einmal: »Probier' doch auch.«

Am Tag darauf befahl Helena dem Mariechen: »Geh, Mariechen, und bring mir rote Äpfel aus dem Wald.«

Aber Mariechen antwortete: »Ach Gott, meine liebe Schwester, wo soll ich im Winter rote Äpfel finden?«

»Du nichtsnutziges Ding, du widersprichst, wenn ich befehle?«, schrie Helena und drohte: »Geh jetzt in den Wald und wenn du mir keine roten Äpfel bringst, erschlage ich dich!«

Die Stiefmutter packte Mariechen, stieß sie aus der Tür hinaus und schloss diese hinter ihr.

Bitter weinend ging das Mädchen in den Wald. Der Schnee lag hoch und nirgends waren Fußspuren zu sehen. Das Mädchen irrte diesmal nicht umher, ging gerade auf den Gipfel des Berges, wo das große Feuer brannte, wo die zwölf Monaten auf zwölf Steinen saßen. Der Januar saß oben an.

»Erlaubt mir, dass ich mich an eurem Feuer wärme«, bat sie.

Der Januar nickte und fragte: »Warum bist du wiedergekommen, Mädchen? Was suchst du hier?«

»Ich suche rote Äpfel«, antwortete Mariechen.

»Es ist nicht die rechte Zeit, rote Äpfel zu pflücken«, sagte der Januar und traurig entgegnete Mariechen: »Das weiß ich wohl. Aber meine Schwester Helena befahl mir, ihr rote Äpfel aus dem Wald zu bringen. Bringe ich sie nicht, so schlägt sie mich tot. Bitte ihr lieben Leute, sagt ihr mir, wo ich die roten Äpfel finde?«

Da erhob sich der Januar und trat auf einen der älteren Monate zu, gab ihm den Stab in die Hand und sagte: »Bruder September, setz du dich oben an.«

Und der Monat setzte sich oben an und schwang den Stab über dem Feuer. Im selben Augenblick loderte es höher, der Schnee taute, die Bäume aber bekamen kein grünes, sondern gelbes Laub, ein Blatt nach dem anderen fiel ab, der kühle Wind verstreute sie auf der fahlen Wiese, eines dahin, das andere dort hin, kaum bunte Blumen blühten — und es wurde Herbst.

Und oben auf einem Apfelbaum entdeckte Mariechen zwischen seinen hohen Zweigen rote Äpfel

»Schnell, Mariechen«, sagte der September, »schüttle!«

Und Mariechen schüttelte freudig den Baum, es fiel ein Apfel herab. Sie schüttelte nochmal und es fiel ein zweiter herab. »Schnell, Mariechen, eile nach Hause«, sagte der September und Mariechen gehorchte, nahm die zwei Äpfel, dankte den Monaten und eilte froh nach Hause.

Helena wunderte sich und auch die Stiefmutter wunderte sich, als sie Mariechen erblickten, wie sie rote Äpfel bei sich trug. Sie öffneten die Tür.

»Wo hast du sie gepflückt?«, fragte Helena wütend und Mariechen antwortete: »Oben im Wald auf einem Berg, da wachsen sie, dort oben sind noch viele mehr.«

Helena fuhr sie zornig an: »Warum hast du dann nicht mehr gebracht? Oder hast du sie unterwegs gegessen?«

»Ach, liebe Schwester, keinen Bissen habe ich gegessen. Ich schüttelte einmal, da fiel ein Apfel herab. Ich schüttelte ein zweites Mal, da fiel noch einer herab. Länger zu schütteln erlaubte man mir nicht, hieß mich, nach Hause zu gehen«, sagte Mariechen.

»Der Teufel soll dich holen«, fluchte Helena und wollte Mariechen schlagen. Die weinte, betete zu Gott, bat ihn, er möge sie aus dieser Welt zu sich holen und nicht erlauben, dass die böse Schwester und Stiefmutter sie erschlagen. Sie floh in die Küche. Helena ließ das Fluchen und biss in einen Apfel. Er schmeckte so gut, noch nie im Leben habe sie so etwas Köstliches gegessen. Auch die Stiefmutter ließ es sich schmecken und sie aßen die Äpfel auf. Es gelüstete sie nach mehr und Helena sagte: »Mutter, gib mir meinen Mantel, ich will selbst in den Wald gehen. Das nichtsnutzige Ding würde sie wieder unterwegs essen. Ich will den Ort finden und sie alle herabschütteln, ob es wer erlaubt oder nicht.« Die Mutter riet ihr ab, aber vergebens. Helena zog den Mantel an, band ein Tuch um den Kopf und eilte in den Wald.

Der Schnee lag hoch und nirgends waren Fußspuren zu sehen. Helena irrte und irrte umher. Da erblickte sie in der Ferne ein Licht. Sie eilte darauf zu bis auf den Gipfel eines Berges, auf dem das große Feuer brannte. Und um das Feuer saßen auf zwölf Steinen die zwölf Monate. Helena erschrak, blieb kurz stehen, fasste aber schließlich Mut und trat an das Feuer heran. Sie streckte die Hände hin, um sich zu wärmen. Sie fragte die Monate nicht: »Darf ich mich an eurem Feuer wärmen?« Sie sprach kein einziges Wort.

Der Januar nickte und fragte: »Warum bist du hergekommen? Was suchst du hier?«

»Was fragst du das, du alter Dummkopf. Du brauchst nicht zu wissen, wohin ich gehe und was ich tue«, antwortete Helena böse und wandte sich vom Feuer ab zum Wald.

Der Januar runzelte die Stirn und schwang seinen Stab über seinen Kopf. Im selben Augenblick verfinsterte sich der Himmel, das Feuer brannte niedrig, der Schnee begann zu fallen. So dicht, als ob jemand ein Federbett ausschüttelte. Eisiger Wind wehte durch den Wald, Helena sah nicht einen Schritt weit und irrte und irrte umher. Ihre Glieder wurden matt und erstarrten, unaufhörlich fiel und fiel der Schnee und wehte der Wind. Helena flucht der Schwester, flucht dem lieben Gott. Ihre Glieder erfroren trotz dem warmen Mantel.

Die Mutter wartete auf Helena, blickte zum Fenster hinaus, zur Tür, doch konnte ihre Tochter nirgends sehen. Stunde um Stunde verstrich, doch Helena kam nicht. »Vielleicht schmecken ihr die Äpfel so gut, dass sie sich nicht von ihnen trennen kann«, dachte die Mutter, »Ich muss nachsehen, wo sie bleibt.«

Sie zog den Mantel an, band ein Tuch um den Kopf und eilte in den Wald.

Der Schnee lag hoch und nirgends waren Fußspuren zu sehen. Die Stiefmutter irrte und irrte umher. Der Schnee fiel dicht, eisiger Wind wehte durch den Wald.

Mariechen kochte Essen, versorgte die Kuh und wartete auf Helena und ihre Stiefmutter. »Wo bleiben sie so lange?«, sprach sie zu sich, setzte sich an das Spinnrad. Als die Spindel voll war, dämmerte es in der Stube und weder Helena noch die Stiefmutter kamen zurück. »Ach Gott, was ist ihnen zugestoßen?«, klagte das gute Mariechen und sah aus dem Fenster hinaus. Der Himmel strahlte von Sternen, die Erde glänzte von Schnee. Niemand war zu sehen. Traurig schloss Mariechen das Fenster, machte das Kreuz und betete ein Vaterunser für die Schwester und die Stiefmutter.

Am Tag darauf wartete sie mit dem Frühstück, wartete mit dem Mittagessen, doch weder Helena noch die Stiefmutter kamen zurück. Beide waren sie im Wald erfroren. Dem guten Mariechen blieb die Hütte, die Kuh und ein Stückchen Feld. Auch fand es bald einen braven Knaben, der es sich zur Frau nahm. Und so lebten beide glücklich und zufrieden miteinander bis an ihr Ende.

Hans Christian Andersen

Der standhafte Zinnsoldat

Es waren einmal fünfundzwanzig Zinnsoldaten, die waren alle Brüder, denn sie waren aus einem alten zinnernen Löffel gemacht worden. Das Gewehr hielten sie im Arm und das Gesicht geradeaus. Rot und blau, überaus herrlich war die Uniform. Das allererste, was sie in dieser Welt hörten, als der Deckel von der Schachtel genommen wurde, in der sie lagen, war das Wort »Zinnsoldaten!« Das rief ein kleiner Knabe und klatschte in die Hände. Er hatte sie erhalten, denn es war sein Geburtstag. Und nun stellte er sie auf dem Tische auf. Der eine Soldat glich dem andern, nur ein einziger war etwas anders: Er hatte nur ein Bein, denn er war zuletzt gegossen worden und da war nicht mehr genug Zinn übrig. Doch stand er ebenso fest auf seinem einen Bein wie die anderen auf ihren zweien. Und gerade er war es, der sich bemerkbar machte.

Auf dem Tisch, auf dem sie aufgestellt wurden, stand viel anderes Spielzeug, aber das, was am meisten in die Augen fiel, war ein niedliches Schloss aus Papier. Durch die kleinen Fenster konnte man gerade in die Säle hineinsehen. Draußen vor ihm standen kleine Bäume rings um einem kleinen Spiegel, der wie ein See aussehen sollte. Schwäne von Wachs schwammen darauf und spiegelten sich. Das war alles niedlich, aber das niedlichste war ein kleines Mädchen, das mitten in der offenen Schlosstür stand. Sie war auch aus Papier ausgeschnitten, hatte ein schönes Kleid und ein kleines, schmales, blaues Band über den Schultern, gerade wie ein Schärpe. Mitten in diesem saß ein glänzender Stern, gerade so groß wir ihr Gesicht.

Das kleine Mädchen streckte seine beiden Arme aus, denn es war eine Tänzerin. Es hob das eine Bein so hoch empor, dass der Zinnsoldat es nicht sehen konnte und glaubte, dass es wie er nur ein Bein habe.

»Das wäre eine Frau für mich«, dachte er, »aber sie ist etwas vornehm. Sie wohnt in einem Schloss, ich habe nur eine Schachtel und da sind wir fünfundzwanzig darin. Das ist kein Ort für sie, doch ich muss versuchen, ihre Bekanntschaft zu machen!« Und dann legte er sich so lang er war hinter eine Schnupftabaksdose, die auf dem Tisch stand. Da konnte er die kleine, feine Dame betrachten, die auf einem Bein stand, ohne umzufallen.

Als es Abend wurde, kamen alle die anderen Zinnsoldaten in ihre Schachtel und die Leute im Hause gingen zu Bett. Nun fing das Spielzeug an zu spielen, sowohl ›Fangen‹ als auch ›Ball werfen‹. Die Zinnsoldaten rasselten in der Schachtel, denn sie wollten mit dabei sein, aber sie konnten den Deckel nicht aufheben. Der Nussknacker schoss Purzelbäume und der Schreibgriffel belustigte sich auf der Tafel. Es war ein Lärm, dass der Kanarienvogel davon erwachte und anfing mitzusprechen — und zwar in Versen. Die beiden einzigen, die sich nicht von der Stelle bewegten, waren der Zinnsoldat und die Tänzerin. Sie hielt sich gerade auf der Zehenspitze und beide Arme ausgestreckt. Er war ebenso standhaft auf seinem einen Bein, seine Augen wandte er keinen Augenblick von ihr weg.

Nun schlug die Uhr zwölf und klatsch, da sprang der Deckel von der Schnupftabaksdose auf, aber da war kein Tabak darin, nein, sondern ein kleiner, schwarzer Kobold. Das war ein Kunststück!

»Zinnsoldat«, sagte der Kobold, »halte deine Augen im Zaum!« Aber der Zinnsoldat tat, als ob er es nicht hörte.

»Ja, warte nur bis morgen!«, sagte der Kobold.

Als es Morgen wurde und die Kinder aufstanden, wurde der Zinnsoldat in das Fenster gestellt. Und war es nun der Kobold oder der Zugwind, auf einmal flog das Fenster zu und der Soldat stürzte drei Stockwerke tief hinunter.

Das war eine erschreckliche Fahrt. Er streckte das Bein gerade in die Höhe und blieb auf der Helmspitze mit dem Bajonett abwärts zwischen den Pflastersteinen stecken.

Das Dienstmädchen und der kleine Knabe kamen sogleich hinunter, um zu suchen. Obwohl sie nahe daran waren, auf ihn zu treten, konnten sie ihn doch nicht erblicken. Hätte der Zinnsoldat gerufen: »Hier bin ich!«, so hätten sie ihn wohl gefunden, aber er fand es nicht passend, laut zu schreien, weil er in Uniform war.

Nun fing es an zu regnen. Die Tropfen fielen immer dichter, es ward ein ordentlicher Platzregen. Als der zu Ende war, kamen zwei Straßenjungen vorbei.

»Sieh da!«, sagte der eine, »da liegt ein Zinnsoldat! Der soll hinaus und segeln!«

Sie machten ein Boot aus einer Zeitung, setzten den Soldaten mitten hinein und nun segelte er den Rinnstein hinunter. Beide Knaben liefen nebenher und klatschten in die Hände. Was schlugen da für Wellen in dem Rinnstein und welcher Strom war da! Ja, der Regen hatte aber auch geströmt. Das Papierboot schaukelte auf und nieder, mitunter drehte es sich so geschwind, dass der Zinnsoldat bebte. Aber er blieb standhaft, verzog keine Miene, sah geradeaus und hielt das Gewehr im Arm.

Mit einem Mal trieb das Boot unter eine lange Rinnsteinbrücke, da wurde es so dunkel, als wäre er in seiner Schachtel.

»Wohin mag ich nun kommen?«, dachte er. »Ja, ja, das ist des Kobolds Schuld! Ach, säße doch das kleine Mädchen hier im Boot, da könnte es meinetwegen noch einmal so dunkel sein!«

Da kam plötzlich eine große Wasserratte, die unter der Rinnsteinbrücke wohnte. »Hast du einen Pass?«, fragte die Ratte. »Her mit dem Pass!«

Aber der Zinnsoldat schwieg still und hielt das Gewehr noch fester.

Das Boot fuhr davon und die Ratte hinterher. Hu, wie fletschte sie die Zähne und rief den Holzspänen und dem Stroh zu: »Halt auf! Halt auf! Er hat keinen Zoll bezahlt, er hat den Pass nicht gezeigt!«

Aber die Strömung wurde stärker und stärker! Der Zinnsoldat konnte schon da, wo das Brett aufhörte, den hellen Tag erblicken. Aber er hörte auch einen brausenden Ton, der wohl einen tapferen Mann erschrecken konnte.

Denkt nur, der Rinnstein stürzte, wo die Brücke endete, geradehinaus in einen großen Kanal. Das würde für den armen Zinnsoldaten ebenso gefährlich sein wie für uns, einen großen Wasserfall hinunterzufahren! Nun war er schon so nahe dabei, dass er nicht mehr anhalten konnte.

Das Boot fuhr hinaus, der Zinnsoldat hielt sich so steif, wie er konnte. Niemand sollte ihm nachsagen, dass er auch nur einmal zwinkere. Das Boot schnurrte drei-, viermal herum und war bis zum Rande mit Wasser gefüllt, es musste sinken. Der Zinnsoldat stand bis zum Hals im Wasser und tiefer und tiefer sank das Boot, mehr und mehr löste das Papier sich auf. Nun ging das Wasser über des Soldaten Kopf. Da dachte er an die kleine, niedliche Tänzerin, die er nie mehr zu Gesicht bekommen sollte und es klang vor des Zinnsoldaten Ohren das Lied:

»Fahre, fahre Kriegsmann!
Den Tod musst du erleiden!«

Nun ging das Papier entzwei und der Zinnsoldat stürzte hindurch, wurde aber augenblicklich von einem großen Fisch verschlungen.

Wie war es dunkel da drinnen!

Da war es noch schlimmer als unter der Rinnsteinbrücke und es war es so eng. Aber der Zinnsoldat war standhaft und lag, so lang er war, mit dem Gewehr im Arm.

Der Fisch fuhr umher, er machte die allerschrecklichsten Bewegungen. Endlich wurde er ganz still, es fuhr wie ein Blitzstrahl durch ihn hin. Das Licht schien ganz klar, und jemand rief laut: »Der Zinnsoldat!« Der Fisch war gefangen worden, auf den Markt gebracht, verkauft und in die Küche hinaufgekommen, wo die Köchin ihn mit einem großen Messer aufschnitt. Sie nahm den Soldaten mit zwei Fingern mitten um den Leib und trug ihn in die Stube hinein, wo alle den merkwürdigen Mann sehen wollten, der im Magen eines Fisches herumgereist war. Aber der Zinnsoldat war gar nicht stolz. Sie stellten ihn auf den Tisch. Wie sonderbar kann es doch in der Welt zugehen! Der Zinnsoldat war in derselben Stube, in der er früher gewesen war, er sah dieselben Kinder und das gleiche Spielzeug stand auf dem Tisch. Das herrliche Schloss mit der niedlichen, kleinen Tänzerin. Die hielt sich noch auf dem einen Bein und hatte das andere hoch in der Luft, sie war auch standhaft. Das rührte den Zinnsoldaten. Er war nahe daran, Zinn zu weinen, aber es schickte sich nicht. Er sah sie an, aber sie sagten gar nichts.

Da nahm der eine der kleinen Knaben den Soldaten und warf ihn gerade in den Ofen, obwohl er gar keinen Grund dafür hatte.

Es war sicher der Kobold in der Dose, der schuld daran war.

Der Zinnsoldat stand ganz beleuchtet da und fühlte eine Hitze, die schrecklich war. Aber ob sie von dem wirklichen Feuer oder von der Liebe herrührte, das wusste er nicht. Die Farben waren ganz von ihm abgegangen — ob das auf der Reise geschehen oder ob der Kummer daran schuld war, konnte niemand sagen. Er sah das kleine Mädchen an, sie blickte ihn an, und er fühlte, dass er schmolz, aber noch stand er standhaft mit dem Gewehr im Arm. Da ging eine Tür auf, der Wind ergriff die Tänzerin und sie flog einer Sylphide* gleich in den Ofen zum Zinnsoldaten, loderte in Flammen auf und war verschwunden. Da schmolz der Zinnsoldat zu einem Klumpen. Als das Mädchen am folgenden Tag die Asche herausnahm, fand sie ihn als ein kleines Zinnherz. Von der Tänzerin hingegen war nur der Stern noch da. Und der war kohlschwarz gebrannt.

* Sylphide 1) Zartes, anmutiges Mädchen. 2) Sylphen sind die Luftgeister der mittelalterlichen Folklore. Frauen werden Sylphen und Feen genannt. Sylphide ist die Heldin des romantischen Balletts La Sylphide von Filippo Taglioni.

Brüder Grimm

Sterntaler

Es war einmal ein kleines Mädchen, dem waren Vater und Mutter gestorben. Und es war so arm, dass es kein Kämmerchen mehr hatte, darin zu wohnen, und kein Bettchen mehr hatte, darin zu schlafen. Und endlich gar nichts mehr als die Kleider auf dem Leib und ein Stückchen Brot in der Hand, das ihm ein mitleidiges Herz geschenkt hatte. Es war aber gut und fromm. Und weil es so von aller Welt verlassen war, ging es im Vertrauen auf den lieben Gott hinaus ins Feld.

Da begegnete ihm ein armer Mann, der sprach: »Ach, gib mir etwas zu essen, ich bin so hungrig.« Es reichte ihm das ganze Stückchen Brot, sagte: »Gott segne dir's« und ging weiter.

Da kam ein Kind, das jammerte und sprach: »Es friert mich so an meinem Kopf, schenk mir etwas, womit ich ihn bedecken kann.«

Da tat es seine Mütze ab und gab sie ihm. Und als es noch eine Weile gegangen war, kam wieder ein Kind und hatte kein Leibchen an und fror. Da gab es ihm seins. Und noch weiter, da bat eins um ein Röcklein, auch das gab sie her.

Endlich gelangte es in einen Wald. Es war schon dunkel geworden, da kam noch ein Kind und bat um ein Hemdlein. Und das fromme Mädchen dachte: »Es ist dunkle Nacht, da sieht dich niemand, du kannst wohl dein Hemd weggeben.« Und es zog das Hemd ab und gab es auch noch hin.

Und wie es so stand und gar nichts mehr hatte, fielen auf einmal die Sterne vom Himmel und waren lauter blanke Taler. Und obwohl es gerade sein Hemdlein weggegeben hatte, so hatte es ein neues an und das war vom allerfeinsten Leinen. Da sammelte es sich die Taler hinein und war reich sein Leben lang.

Brüder Grimm

Frau Holle

Eine Witwe hatte zwei Töchter, davon war die eine schön und fleißig, die andere hässlich und faul. Sie hatte aber die hässliche und faule, weil sie ihre leibliche Tochter war, viel lieber, und die andere musste alle Arbeit tun und der Aschenputtel im Hause sein. Das arme Mädchen musste sich täglich auf die große Straße bei einem Brunnen setzen und musste so viel Garn spinnen, dass ihm das Blut aus den Fingern sprang. Nun trug es sich zu, dass die Spule einmal ganz blutig war, da bückte es sich damit in den Brunnen und wollte sie abwaschen. Sie sprang ihm aber aus der Hand und fiel hinab. Das Mädchen weinte, lief zur Stiefmutter und erzählte ihr das Unglück. Sie schalt es aber so heftig und war so unbarmherzig, dass sie sprach: »Hast du die Spule hinunterfallen lassen, so hol sie auch wieder herauf.«

Da ging das Mädchen zu dem Brunnen zurück und wusste nicht, was es unternehmen sollte. Und in seiner Herzensangst sprang es in den Brunnen hinein, um die Spule zu holen. Es verlor die Besinnung und als es erwachte und wieder zu sich kam, war es auf einer schönen Wiese, wo die Sonne schien und viele tausend Blumen standen. Auf dieser Wiese ging es fort und kam zu einem Backofen, der war voller Brot. Das Brot aber rief: »Ach, zieh mich raus, zieh mich raus, sonst verbrenn ich. Ich bin schon längst ausgebacken.«

Da trat es herzu und holte mit dem Brotschieber alles nacheinander heraus. Danach ging es weiter und kam zu einem Baum, der hing voll Äpfel und rief ihm zu: »Ach, schüttel mich, schüttel mich, wir Äpfel sind alle miteinander reif.«

Da schüttelte es den Baum, dass die Äpfel fielen, als regneten sie und schüttelte, bis keiner mehr oben war. Und als es alle in einen Haufen zusammengelegt hatte, ging es wieder weiter. Endlich kam es zu einem kleinen Haus, daraus guckte eine alte Frau. Weil sie aber so große Zähne hatte, bekam das Mädchen Angst und es wollte fortlaufen. Die alte Frau aber rief ihm nach: »Was fürchtest du dich, liebes Kind? Bleib bei mir, wenn du alle Arbeit im Haus ordentlich tun willst, so soll's dir gut gehen. Du musst nur achtgeben, dass du mein Bett gut machst und es fleißig aufschüttelst, dass die Federn fliegen, dann schneit es in der Welt. Ich bin die Frau Holle.«

Weil die Alte ihm so gut zusprach, so fasste sich das Mädchen ein Herz, willigte ein und begab sich in ihren Dienst. Es besorgte auch alles nach ihrer Zufriedenheit und schüttelte ihr das Bett immer gewaltig, auf dass die Federn wie Schneeflocken umherflogen. Dafür hatte es auch ein gutes Leben bei ihr, kein böses Wort und alle Tage Gesottenes und Gebratenes. Nun war das Mädchen eine Zeitlang bei der Frau Holle, da wurde es traurig und wusste anfangs selbst nicht, was ihm fehlte. Endlich merkte es, dass es Heimweh war, obwohl es ihm hier gleich vieltausendmal besser ging als zu Haus, so hatte es doch ein Verlangen dahin. Endlich sagte es zu ihr: »Ich bekomme Sehnsucht nach Zuhause und wenn es mir auch noch so gut hier unten geht, so kann ich doch nicht länger bleiben, ich muss wieder hinauf zu den Meinigen.«

Die Frau Holle sagte: »Es gefällt mir, dass du wieder nach Haus verlangst und weil du mir so treu gedient hast, so will ich dich selbst wieder hinaufbringen.« Sie nahm es darauf bei der Hand und führte es vor ein großes Tor. Das Tor öffnete sich und wie das Mädchen gerade darunter stand, fiel ein gewaltiger Goldregen und alles Gold blieb an ihm hängen, sodass es über und über davon bedeckt war.

»Das sollst du haben, weil du so fleißig gewesen bist«, sprach die Frau Holle und gab ihm auch die Spule wieder, die ihm in den Brunnen gefallen war. Darauf schloss sich das Tor und das Mädchen war zurück oben auf der Welt, nicht weit von seiner Mutter Haus. Und als es in den Hof kam, saß der Hahn auf dem Brunnen und rief:

»Kikeriki, unsere goldene Jungfrau ist wieder hie.«

Da ging es hinein zu seiner Mutter und weil es so mit Gold bedeckt ankam, wurde es von ihr und der Schwester gut aufgenommen.

Das Mädchen erzählte alles, was ihm geschehen war und als die Mutter hörte, wie es zu dem großen Reichtum gekommen war, wollte sie der anderen, hässlichen und faulen Tochter gerne dasselbe Glück verschaffen. Sie musste sich an den Brunnen setzen und spinnen und damit ihre Spule blutig wurde, stach sie sich in die Finger und stieß sich die Hand in die Dornhecke. Dann warf sie die Spule in den Brunnen und sprang selber hinein. Sie kam, wie die andere, auf die schöne Wiese und ging auf demselben Pfad weiter. Als sie zu dem Backofen gelangte, schrie das Brot wieder: »Ach, zieh mich raus, zieh mich raus, sonst verbrenn ich, ich bin schon längst ausgebacken.«

Die Faule aber antwortete: »Als hätt' ich Lust, mich schmutzig zu machen« und ging fort.

Bald kam sie zu dem Apfelbaum, der rief: »Ach, schüttel mich, schüttel mich, wir Äpfel sind alle miteinander reif.«

Sie antwortete aber: »Du kommst mir recht, es könnte mir einer auf den Kopf fallen« und ging damit weiter.

Als sie vor der Frau Holle Haus kam, fürchtete sie sich nicht, weil sie von ihren großen Zähnen schon gehört hatte und machte sich gleich nützlich. Am ersten Tag mühte sie sich sehr, war fleißig und folgte der Frau Holle, wenn sie ihr etwas sagte, denn sie dachte an das viele Gold, das sie ihr schenken würde. Am zweiten Tag aber fing sie schon an zu faulenzen, am dritten noch mehr, da wollte sie morgens gar nicht aufstehen. Sie machte auch der Frau Holle das Bett nicht, wie sich's gebührte und schüttelte es nicht, dass die Federn aufflogen.

Das wurde der Frau Holle bald zu viel und sie sagte ihr den Dienst auf. Der Faulen war das wohl ganz recht und meinte, nun würde der Goldregen kommen. Die Frau Holle führte sie auch zu dem Tor, als sie aber darunter stand, wurde statt des Goldes ein großer Kessel voll Pech ausgeschüttet. »Das ist zur Belohnung deiner Dienste«, sagte die Frau Holle und schloss das Tor zu.

Da kam die Faule heim, aber sie war ganz mit Pech bedeckt und der Hahn auf dem Brunnen rief, als er sie sah:

»Kikeriki, unsere schmutzige Jungfrau ist wieder hie.«

Das Pech aber blieb fest an ihr hängen und wollte, solange sie lebte, nicht abgehen.

Manfred Kyber

Der Schneemann

Es war einmal ein Schneemann, der stand mitten im tief verschneiten Wald und war ganz aus Schnee. Er hatte keine Beine und Augen aus Kohle und sonst nichts und das ist wenig. Aber dafür war er kalt, furchtbar kalt.

Das sagte auch der alte griesgrämige Eiszapfen über ihn, der in der Nähe hing und noch viel kälter war. »Sie sind kalt!«, sagte er ganz vorwurfsvoll zum Schneemann.

Der war gekränkt. »Sie sind ja auch kalt«, antwortete er.

»Ja, das ist etwas ganz anderes«, sagte der Eiszapfen überlegen.

Der Schneemann war so beleidigt, dass er fortgegangen wäre, wenn er Beine gehabt hätte. Er hatte aber keine Beine und blieb also stehen, doch nahm er sich vor, mit dem unliebenswürdigen Eiszapfen nicht mehr zu sprechen.

Der Eiszapfen hatte unterdessen was anderes entdeckt, was seinen Tadel reizte: Ein Wiesel lief über den Weg und huschte mit eiligem Fuß an den beiden vorbei.

»Sie sind zu lang, viel zu lang!«, rief der Eiszapfen hinter ihm her. »Wenn ich so lang wäre, wie Sie, ginge ich nicht auf die Straße!«

»Sie sind doch auch lang!«, knurrte das Wiesel verletzt und erstaunt.

»Das ist etwas ganz anderes!«, sagte der Eiszapfen mit unverschämter

Sicherheit und knackte dabei ordentlich vor lauter Frost.

Der Schneemann war empört über diese Art, mit Leuten umzugehen und wandte sich, soweit ihm das möglich war, vom Eiszapfen ab. Da lachte was hoch über ihm in den Zweigen einer alten schneeverhangenen Tanne. Und wie er hinaufsah, saß ein wunderschönes, weißes, weiches Schnee-Elfchen oben und schüttelte die langen hängenden Haare, dass tausend kleine Schneesternchen herabfielen und dem armen Schneemann gerade auf den Kopf. Das Schnee-Elfchen lachte noch lauter und lustiger, dem Schneemann aber wurde ganz seltsam zu Mute und er wusste gar nicht, was er sagen sollte. Da sagte er schließlich: »Ich weiß nicht, was das ist …«

»Das ist etwas ganz anderes«, höhnte der Eiszapfen neben ihm.

Aber dem Schneemann war so seltsam zu Mute, dass er gar nicht mehr auf den Eiszapfen hörte, sondern immer hoch über sich auf den Tannenbaum sah, in dessen Krone sich das weiße Schnee-Elfchen wiegte und die langen hängenden Haare schüttelte, dass tausend kleine Schneesternchen herabfielen.

Der Schneemann wollte unbedingt etwas sagen über das eine, von dem er nicht wusste, was es war und von dem der Eiszapfen sagte, dass es etwas ganz anderes wäre. Er dachte schrecklich lange darüber nach, sodass ihm die Kohlenaugen ordentlich herausstanden vor lauter Gedanken und schließlich wusste er, was er sagen wollte. Und da sagte er: »Schnee-Elfchen im silbernen Mondenschein, du sollst meine Herzallerliebste sein!«

Dann sagte er nichts mehr, denn er hatte das Gefühl, dass nun das Schnee-Elfchen etwas sagen müsse. Das war ja wohl auch nicht unrichtig.

Das Schnee-Elfchen sagte aber nichts, sondern lachte so laut und lustig, dass die alte Tanne, die doch sonst gewiss nicht für Bewegung war, missmutig und erstaunt die Zweige schüttelte und sogar vernehmlich knarrte. Da wurde es dem armen, kalten Schneemann so brennend heiß ums Herz, dass er anfing vor lauter brennender Hitze zu schmelzen und das war nicht schön. Zuerst schmolz der Kopf und das ist das Unangenehmste — später geht's ja leichter. Das Schnee-Elfchen aber saß ruhig hoch oben in der weißen Tannenkrone und wiegte sich und lachte und schüttelte die langen hängenden Haare, dass tausend kleine Schneesternchen herabfielen.

Der arme Schneemann schmolz immer weiter und wurde immer kleiner und armseliger und das kam alles von dem brennenden Herzen. Und das ist so weitergegangen und der Schneemann war schon fast kein Schneemann mehr, da ist der Heilige Abend gekommen und die Englein haben die goldenen und silbernen Sterne am Himmel geputzt, damit sie schön glänzen in der Heiligen Nacht.

Und da ist etwas Wunderbares geschehen: Wie das Schnee-Elfchen den Sternenglanz der Heiligen Nacht gesehen hat, da ist ihm so seltsam zu Mute geworden und da hat's mal auf den Schneemann herunter gesehen, der unten stand und schmolz und eigentlich schon so ziemlich zerschmolzen war. Da ist's dem Schnee-Elfchen so brennend heiß ums Herz geworden, dass es herunter gehuscht ist vom hohen Tann und den Schneemann auf den Mund geküsst hat, so viel noch davon übrig war. Und wie die beiden brennenden Herzen zusammen waren, da sind sie alle beide so schnell geschmolzen, dass sich sogar der Eiszapfen darüber wunderte, so ekelhaft und unverständlich ihm die ganze Sache auch war.

So sind nur die beiden brennenden Herzen übrig geblieben und die hat die Schneekönigin geholt und in ihren Kristallpalast gebracht. Und da ist's wunderschön und der ist ewig und schmilzt auch nicht. Und zu alledem läuteten die Glocken der Heiligen Nacht. Als aber die Glocken läuteten, ist das Wiesel wieder herausgekommen, weil es so gerne das Glockenläuten hört. Und da hat's gesehen, dass die beiden weg waren.

»Die beiden sind ja weg«, sagte es, »das ist wohl der Weihnachtszauber gewesen.«

»Ach, das war ja etwas ganz anderes!«, sagte der Eiszapfen rücksichtslos — und das Wiesel verzog sich empört in seine Behausung.

Auf die Stelle aber, wo die beiden geschmolzen waren, fielen tausend und abertausend kleine weiße, weiche Flocken, sodass niemand mehr was von ihnen sehen und sagen konnte. Nur der Eiszapfen hing noch genauso da, wie er zuerst gehangen hatte. Und der wird auch niemals an einem brennenden Herzen schmelzen und auch gewiss nicht in den Kristallpalast der Schneekönigin kommen — denn der ist eben etwas ganz anderes!

Hans Christian Andersen

Das kleine Mädchen mit den Schwefelhölzchen

Es war entsetzlich kalt, es schneite und war beinahe schon ganz dunkel und Abend, der letzte Abend des Jahres.

In dieser Kälte und Finsternis ging auf der Straße ein kleines, armes Mädchen mit bloßem Kopfe und nackten Füßen. Als sie das Haus verließ, hatte sie freilich Pantoffeln angehabt, aber was half das? Es waren sehr große Pantoffeln gewesen, die ihre Mutter bisher benutzt hatte, so groß waren sie. Die Kleine aber verlor dieselben, als sie über die Straße weg huschte, weil zwei Wagen schrecklich schnell vorüberrollten. Der eine Pantoffel war nicht wieder zu finden, den andern hatte ein Junge erwischt und lief damit fort. Er meinte, er könne ihn recht gut als Wiege benutzen, wenn er selbst erst Kinder hätte.

Da ging nun das kleine Mädchen mit den kleinen, nackten Füßen, die ganz rot und blau vor Kälte waren. In einer alten Schürze trug sie eine Menge Schwefelhölzer und ein Bund davon in der Hand. Niemand hatte ihr den ganzen langen Tag etwas abgekauft, niemand ihr einen Pfennig geschenkt.

Zitternd vor Kälte und Hunger schlich sie einher, ein Bild des Jammers, die arme Kleine! Die Schneeflocken bedeckten ihr langes, blondes Haar, welches in schönen Locken um den Hals fiel. Aber daran dachte sie nun freilich nicht. Aus allen Fenstern glänzten die Lichter und es roch ganz herrlich nach Gänsebraten: Es war ja Silvesterabend. Ja, daran dachte sie!

In einem Winkel, von zwei Häusern gebildet, von denen das eine etwas mehr vorsprang als das andere, setzte sie sich hin und kauerte sich zusammen. Die kleinen Füße hatte sie an sich gezogen. Aber es fror sie noch mehr und nach Hause zu gehen wagte sie nicht: Sie hatte ja keine Schwefelhölzchen verkauft und brachte keinen Pfennig Geld.

Von ihrem Vater würde sie gewiss Schläge bekommen und zu Hause war es auch kalt. Über sich hatten sie nur das Dach, durch welches der Wind pfiff, wenn auch die größten Spalten mit Stroh und Lumpen zugestopft waren.

Ihre kleinen Hände waren beinahe vor Kälte erstarrt. Ach! Ein Schwefelhölzchen konnte ihr gar wohl tun, wenn sie nur ein einziges aus dem Bunde herausziehen, es an die Wand streichen und sich die Finger erwärmen dürfte.

Sie zog eins heraus. Rrscht! Wie sprühte, wie brannte es! Es war eine warme, helle Flamme, wie ein Lichtchen, als sie die Hände darüber hielt. Es war ein wunderbares Lichtchen! Es schien wirklich dem kleinen Mädchen, als säße sie vor einem großen, eisernen Ofen mit polierten Messingfüßen und einem Aufsatz aus Messing. Das Feuer brannte so gesegnet, es wärmte so schön; die Kleine streckte schon die Füße aus, um auch diese zu wärmen — doch da erlosch das Flämmchen, der Ofen verschwand, sie hatte nur die kleinen Überreste des abgebrannten Schwefelhölzchens in der Hand.

Ein zweites wurde an der Wand abgestrichen. Es leuchtete und wo der Schein auf die Mauer fiel, wurde diese durchsichtig wie ein Schleier: Sie konnte in das Zimmer hineinsehen. Auf dem Tische war ein schneeweißes Tischtuch ausgebreitet, darauf stand glänzendes Porzellangeschirr und herrlich dampfte die gebratene Gans, mit Äpfeln und getrockneten Pflaumen gefüllt. Und was noch prächtiger anzusehen war: Die Gans hüpfte von der Schüssel herunter und wackelte auf dem Fußboden, Messer und Gabel in der Brust, bis zu dem armen Mädchen hin. Da erlosch das Schwefelhölzchen und es blieb nur die dicke, feuchtkalte Mauer zurück.

Sie zündete noch ein Hölzchen an. Da saß sie nun unter dem herrlichsten Christbaum. Er war noch größer und geputzter als der, den sie durch die Glastüre bei dem reichen Kaufmann gesehen hatte. Tausende von Lichterchen brannten auf den grünen Zweigen und bunte Bilder, wie sie an

Schaufenstern zu sehen waren, blickten auf sie herab. Die Kleine streckte ihre Hände danach aus — da erlosch das Schwefelhölzchen.

Die Weihnachtslichter stiegen höher und höher; sie sah sie jetzt als Sterne am Himmel. Einer davon fiel herunter und bildete einen langen Feuerstreifen. »Jetzt stirbt jemand!«, dachte das kleine Mädchen. Denn ihre alte Großmutter, die Einzige, die sie lieb gehabt hatte und die inzwischen gestorben war, hatte ihr erzählt, dass wenn ein Stern herunterfällt, eine Seele zu Gott emporsteigt.

Sie strich wieder ein Hölzchen an der Mauer ab, es wurde wieder hell und in dem Glanze stand die alte Großmutter so klar und schimmernd, so mild und liebevoll.

»Großmutter!«, rief die Kleine. »Oh, nimm mich mit! Ich weiß, du entfernst dich, wenn das Schwefelhölzchen erlischt. Du verschwindest, wie der warme Ofen, wie der herrliche Gänsebraten und der große, prächtige Weihnachtsbaum!«

Und sie strich schnell das ganze Bund Schwefelhölzchen, denn sie wollte die Großmutter recht fest bei sich halten.

Und die Schwefelhölzchen leuchteten mit einem solchen Glanze, dass es heller wurde, als mitten am Tage. Die Großmutter war früher nie so schön, so groß gewesen. Sie nahm das kleine Mädchen auf ihre Arme und beide flogen in Glanz und Freude so hoch, so hoch. Und dort war weder Kälte, noch Hunger, noch Angst — sie waren bei Gott.

Aber im Winkel an die Mauer gelehnt, saß in der kalten Morgenstunde das arme Mädchen mit roten Backen und mit lächelndem Munde — erfroren an des alten Jahres letztem Abend.

Die Neujahrssonne ging auf über der kleinen Leiche.

Starr saß das Kind dort mit den Schwefelhölzchen, von denen ein Bund abgebrannt war.

»Sie hat sich erwärmen wollen!«, sagte man.

Niemand ahnte, was sie Schönes gesehen hatte, in welchem Glanze sie mit der Großmutter zur Neujahrsfreude eingegangen war.

Hans Christian Andersen

Der Tannenbaum

Draußen im Walde stand ein niedlicher, kleiner Tannenbaum. Er hatte einen guten Platz: Er bekam Sonne, Luft war genug da und ringsumher wuchsen viel größere Kameraden, sowohl Tannen als auch Fichten. Aber dem kleinen Tannenbaum schien nichts so wichtig wie das Wachsen. Er achtete nicht der warmen Sonne und der frischen Luft, er kümmerte sich nicht um die Bauernkinder, die da gingen und plauderten, wenn sie herausgekommen waren, um Erdbeeren und Himbeeren zu sammeln. Oft kamen sie mit einem ganzen Topf voll oder hatten Erdbeeren auf einen Strohhalm gezogen. Dann setzten sie sich neben den kleinen Tannenbaum und sagten: »Wie niedlich klein ist der!« Das mochte der Baum gar nicht hören.

Im folgenden Jahre war er ein langes Glied größer und das Jahr darauf war er um noch eins länger. Bei den Tannenbäumen kann man immer an den vielen Gliedern, die sie haben, sehen, wie viele Jahre sie gewachsen sind.

»Oh, wäre ich doch so ein großer Baum wie die anderen«, seufzte das kleine Bäumchen. »Dann könnte ich meine Zweige so weit umher ausbreiten und mit der Krone in die Welt hinausblicken! Die Vögel würden dann Nester zwischen meinen Zweigen bauen und wenn der Wind weht könnte ich so vornehm nicken, gerade wie die andern dort!«

Er hatte gar keine Freude am Sonnenschein, an den Vögeln und den roten Wolken, die morgens und abends über ihn hinsegelten.

War es nun Winter und der Schnee lag ringsumher funkelnd weiß, so kam häufig ein Hase angesprungen und hüpfte gerade über den kleinen Baum weg. Oh, das war ärgerlich! Aber zwei Winter vergingen und im dritten war das Bäumchen so groß, dass der Hase um es herumlaufen musste. »Oh, wachsen, wachsen, groß und alt werden, das ist doch das einzige Schöne in dieser Welt«, dachte der Baum.

Im Herbst kamen immer Holzhauer und fällten einige der größten Bäume. Das geschah jedes Jahr und dem jungen Tannenbaum, der nun ganz gut gewachsen war, schauderte dabei. Denn die großen, prächtigen Bäume fielen mit Knacken und Krachen zur Erde, die Zweige wurden abgehauen, die Bäume sahen ganz nackt, lang und schmal aus. Die waren fast nicht zu erkennen. Aber dann wurden sie auf Wagen gelegt und Pferde zogen sie davon, aus dem Wald hinaus. Wohin sollten sie? Was stand ihnen bevor?

Im Frühjahr, als die Schwalben und Störche kamen, fragte sie der Baum: »Wisst ihr nicht, wohin sie geführt wurden? Seid ihr ihnen begegnet?«

Die Schwalben wussten nichts, aber der Storch sah nachdenkend aus, nickte mit dem Kopf und sagte: »Ja, ich glaube wohl: Mir begegneten viele neue Schiffe, als ich aus Ägypten flog. Auf den Schiffen waren prächtige Mastbäume, ich darf annehmen, dass sie es waren, sie hatten Tannengeruch. Ich kann vielmals von ihnen grüßen, sie sind schön und stolz!«

»Oh, wäre ich doch auch groß genug, um über das Meer fahren zu können! Was ist das eigentlich, dieses Meer, und wie sieht es aus?«

»Das ist viel zu weitläufig zu erklären«, sagte der Storch und damit ging er.

»Freue dich deiner Jugend«, sagten die Sonnenstrahlen, »freue dich deines frischen Wachstums, des jungen Lebens, das in dir ist!«

Und der Wind küsste den Baum und der Tau weinte Tränen über ihn, aber das verstand der Tannenbaum nicht.

Wenn es gegen die Weihnachtszeit war, wurden ganz junge Bäume gefällt. Bäume, die oft nicht einmal so groß oder gleichen Alters mit diesem Tannenbaum waren, der weder Rast noch Ruhe hatte, sondern immer davon wollte. Diese jungen Bäume, und es waren gerade die allerschönsten, behielten immer alle ihre Zweige. Sie wurden auf Wagen gelegt und Pferde zogen sie zum Walde hinaus.

»Wohin sollen diese?«, fragte der Tannenbaum. »Sie sind nicht größer als ich, einer ist sogar viel kleiner. Weswegen behalten sie alle ihre Zweige? Wohin fahren sie?«

»Das wissen wir! Das wissen wir!«, zwitscherten die Meisen. »Unten in der Stadt haben wir in die Fenster gesehen. Wir wissen, wohin sie fahren. Oh, sie gelangen zur größten Pracht und Herrlichkeit, die man sich denken kann! Wir haben in die Fenster gesehen und erblickt, dass sie mitten in der warmen Stube aufgepflanzt und mit den schönsten Sachen, vergoldeten Äpfeln, Honigkuchen, Spielzeug und vielen hundert Lichtern geschmückt werden.«

»Und dann?«, fragte der Tannenbaum und bebte in allen Zweigen. »Und dann? Was geschieht dann?«

»Mehr haben wir nicht gesehen. Das war unvergleichlich schön.«

»Ob ich wohl bestimmt bin, diesen strahlenden Weg zu betreten?«, jubelte der Tannenbaum. »Das ist noch besser als über das Meer zu ziehen. Wie leide ich an Sehnsucht. Wäre es doch Weihnachten! Nun bin ich hoch und entfaltet wie die anderen, die im vorigen Jahr davongeführt wurden. Oh, wäre ich erst auf dem Wagen, wäre ich doch in der warmen Stube mit all der Pracht und Herrlichkeit. Und dann? Ja, dann kommt noch etwas Besseres, noch Schöneres, warum würden sie mich sonst so schmücken? Es muss noch etwas Größeres, Herrlicheres kommen! Aber was? Oh, ich leide, ich sehne mich, ich weiß selbst nicht, wie mir ist.«

»Freue dich unser!«, sagten die Luft und das Sonnenlicht, »freue dich deiner frischen Jugend im Freien!«

Aber er freute sich durchaus nicht. Er wuchs und wuchs, Winter und Sommer stand er grün, dunkelgrün da. Die Leute, die ihn sahen, sagten: »Das ist ein schöner Baum« und zur Weihnachtszeit wurde er von allen zuerst gefällt. Die Axt hieb tief durch das Mark, der Baum fiel mit einem Seufzer zu Boden, fühlte einen Schmerz, eine Ohnmacht, er konnte gar nicht an irgendein Glück denken. Er war betrübt, von der Heimat scheiden zu müssen, von dem Flecke, auf dem er emporgeschossen war. Er wusste ja, dass er die lieben, alten Kameraden, die kleinen Büsche und Blumen ringsumher nie mehr sehen werde, ja vielleicht nicht einmal die Vögel.

Die Abreise hatte durchaus nichts Behagliches. Der Baum kam erst wieder zu sich selbst, als er im Hofe mit anderen Bäumen abgeladen wurde und einen Mann sagen hörte: »Dieser hier ist prächtig! Wir wollen nur den!«

Nun kamen zwei Diener in festlichem Gewand und trugen den Tannenbaum in einen großen, schönen Saal. Ringsherum an den Wänden hingen Bilder und bei dem großen Kachelofen standen chinesische Vasen mit Löwen auf den Deckeln. Da waren Wiegestühle, seidene Sofas, große Tische voll von Bilderbüchern und Spielzeug für hundertmal hundert Taler — wenigstens sagten das die Kinder. Der Tannenbaum wurde in ein großes, mit Sand befülltes Fass gestellt, aber niemand konnte sehen, dass es ein Fass war, denn es wurde rundherum mit grünem Zeug behängt und stand auf einem großen, bunten Teppich. Oh, wie der Baum bebte! Was würde da wohl vorgehen? Sowohl die Diener als die Fräulein schmückten ihn. An einen Zweig hängten sie kleine, aus farbigem Papier ausgeschnittene Netze, und jedes Netz war mit Zuckerwerk gefüllt. Vergoldete Äpfel und Walnüsse hingen herab, als wären sie festgewachsen, und über hundert rote, blaue und weiße kleine Lichter wurden in den Zweigen festgesteckt. Puppen, die leibhaft wie die Menschen aussahen — der Baum hatte früher nie solche gesehen —, schwebten im Grünen und hoch oben in der Spitze wurde ein Stern von Flittergold befestigt. Das war prächtig, ganz außerordentlich prächtig!

»Heute Abend«, sagten alle, »heute Abend wird er strahlen!« Und sie waren außer sich vor Freude.

»Oh«, dachte der Baum, »wäre es doch Abend! Würden nur die Lichter bald angezündet! Und was dann wohl geschieht? Ob da wohl Bäume aus dem Walde kommen, mich zu sehen? Ob die Meisen gegen die Fensterscheiben fliegen? Ob ich hier festwachse und Winter und Sommer geschmückt stehen werde?«

Ja, er wusste gut Bescheid, aber er hatte ordentlich Borkenschmerzen vor lauter Sehnsucht und Borkenschmerzen sind für einen Baum ebenso schlimm wie Kopfschmerzen für uns andere.

Nun wurden die Lichter angezündet. Welcher Glanz, welche Pracht! Der Baum bebte in allen Zweigen, sodass eins der Lichter das Grüne anbrannte. Es sengte ordentlich.

»Gott bewahre uns!«, schrien die Fräulein und löschten es hastig aus.

Nun durfte der Baum nicht noch einmal beben. Oh, das war ein Grauen! Ihm war bange, etwas von seiner Pracht zu verlieren. Er war ganz betäubt von all dem Glanze. Da gingen beide Flügeltüren auf und eine Menge Kinder stürzte herein, als wollten sie den ganzen Baum umwerfen. Die älteren Leute kamen bedächtig nach, die Kleinen standen ganz stumm, aber nur einen Augenblick, dann jubelten sie wieder, dass es laut schallte. Sie tanzten um den Baum herum und ein Geschenk nach dem andern wurde abgepflückt und verteilt.

»Was machen sie?«, dachte der Baum. »Was soll geschehen?« Die Lichter brannten gerade bis auf die Zweige herunter und bald nachdem sie niederbrannten, wurden sie ausgelöscht. Und dann erhielten die Kinder die Erlaubnis, den Baum zu plündern. Sie stürzten auf ihn zu, dass es in allen Zweigen knackte. Wäre er nicht mit der Spitze und mit dem Goldstern an der Decke festgemacht gewesen, so wäre er umgefallen.

Die Kinder tanzten mit ihrem prächtigen Spielzeug herum, niemand sah nach dem Baum, ausgenommen das alte Kindermädchen, das zwischen die Zweige blickte. Aber das geschah nur, um zu sehen, ob nicht noch eine Feige oder ein Apfel vergessen wurde.

»Eine Geschichte, eine Geschichte!«, riefen die Kinder und zogen einen kleinen, dicken Mann zum Baum hin und er setzte sich gerade unter ihn. »Denn so sind wir im Grünen«, sagte er, „und der Baum kann besonders Nutzen davon haben, zuzuhören! Aber ich erzähle nur eine Geschichte. Wollt ihr die von Ivede-Avede oder die von Klumpe-Dumpe* hören, der die Treppen hinunterfiel und doch erhöht wurde und die Prinzessin bekam?«

»Ivede-Avede!«, schrien einige, »Klumpe-Dumpe!«, schrien andere.

Das war ein Rufen! Nur der Tannenbaum schwieg ganz still und dachte: »Komme ich gar nicht mit, werde ich nichts dabei zu tun haben?« Er hatte ja geleistet, was er sollte.

Der Mann erzählte von Klumpe-Dumpe, der die Treppen hinunterfiel und doch erhöht wurde und die Prinzessin bekam. Und die Kinder klatschten in die Hände und riefen: »Erzähle, erzähle!« Sie wollten auch die Geschichte von Ivede-Avede hören, aber sie bekamen nur die von Klumpe-Dumpe. Der Tannenbaum stand ganz stumm und gedankenvoll, nie hatten die Vögel im Walde dergleichen erzählt. Klumpe-Dumpe fiel die Treppen hinunter und bekam doch die Prinzessin!

»Ja, ja, so geht es in der Welt zu«, dachte der Tannenbaum und glaubte, dass es wahr sei, weil ein so netter Mann es erzählt hatte. »Ja, ja! Vielleicht falle ich auch die Treppe hinunter und bekomme eine Prinzessin!« Und er freute

---

* „Humpty Dumpty" oder „Eilein, Weilein" oder „Buckli-Plumpsi" — ein berühmtes Volksfigur aus einem Kinderreim, ein menschenähnliches Ei

sich, den nächsten Tag wieder mit Lichtern und Spielzeug, Gold und Früchten und dem Stern von Flittergold aufgeputzt zu werden. »Morgen werde ich nicht zittern!«, dachte er, »ich will mich recht all meiner Herrlichkeit freuen. Morgen werde ich wieder die Geschichte von Klumpe-Dumpe und vielleicht auch die von Ivede-Avede hören.« Und der Baum stand die ganze Nacht still und gedankenvoll.

Am Morgen kamen die Diener und das Mädchen herein.

»Nun beginnt das Schmücken aufs Neue!«, dachte der Baum, aber sie schleppten ihn zum Zimmer hinaus, die Treppe hinauf, auf den Boden und stellten ihn in einen dunklen Winkel, wohin kein Tageslicht schien. »Was soll das bedeuten?«, dachte der Baum. »Was soll ich hier wohl machen? Was mag ich hier wohl hören sollen?« Er lehnte sich gegen die Mauer und dachte und dachte. Und er hatte Zeit genug, denn es vergingen Tage und Nächte. Niemand kam herauf und als endlich jemand kam, geschah dies nur, um einige große Kästen in die Ecke zu stellen. Der Baum stand ganz versteckt, man musste glauben, dass er ganz vergessen war.

»Nun ist es Winter draußen!«, dachte der Baum. »Die Erde ist hart und mit Schnee bedeckt, die Menschen können mich nicht pflanzen, deshalb soll ich wohl bis zum Frühjahr hier im Schutz stehen. Wie wohlbedacht ist das! Wie die Menschen doch so gut sind! Wäre es hier nur nicht so dunkel und schrecklich einsam. Nicht einmal ein kleiner Hase. Das war doch niedlich da draußen im Wald, wenn der Schnee lag und der Hase vorbeisprang, ja selbst als er über mich hinwegsprang. Aber damals mochte ich es nicht leiden. Hier oben ist es doch schrecklich einsam.«

»Piep, piep!«, sagte da eine kleine Maus und huschte hervor. Und dann kam noch eine kleine. Sie beschnüffelten den Tannenbaum und dann schlüpften sie zwischen seine Zweige.

»Es ist eine grauliche Kälte«, sagten die kleinen Mäuse. »Sonst ist es hier gut, nicht wahr, du alter Tannenbaum?«

»Ich bin gar nicht alt!« sagte der Tannenbaum, »Es gibt viele, die weit älter sind als ich!«

»Woher kommst du?« fragten die Mäuse, »und was weißt du?« Sie waren gewaltig neugierig. »Erzähle uns doch von den schönsten Orten auf Erden. Bist du dort gewesen? Bist du in der Speisekammer gewesen, wo Käse auf den Brettern liegen und Schinken unter der Decke hängen, wo man auf

Kerzenlicht tanzt, mager hineingeht und fett herauskommt?«

»Das kenne ich nicht«, sagte der Baum, »aber den Wald kenne ich, wo die Sonne scheint und die Vögel singen!« Und dann erzählte er alles aus seiner Jugend.

Die kleinen Mäuse hatten früher nie dergleichen gehört, sie horchten auf und sagten: »Wieviel du gesehen hast. Wie glücklich du gewesen bist.«

»Ich?«, sagte der Tannenbaum und dachte über das nach, was er selbst erzählte. »Ja, es waren im Grunde ganz fröhliche Zeiten!« Aber dann erzählte er vom Weihnachtsabend, wo er mit Zuckerwerk und Lichtern geschmückt war.

»Oh«, sagten die kleinen Mäuse, »wie glücklich du gewesen bist, du alter Tannenbaum!«

»Ich bin gar nicht alt!« sagte der Baum, »Erst in diesem Winter bin ich aus dem Walde gekommen. Ich bin in meinem allerbesten Alter, ich bin nur so hochgeschossen.«

»Wie schön du erzählst!«, sagten die kleinen Mäuse und in der nächsten Nacht kamen sie mit vier anderen kleinen Mäusen, die den Baum erzählen hören sollten. Und je mehr er erzählte, desto deutlicher erinnerte er sich selbst an alles und dachte: »Es waren doch ganz fröhliche Zeiten. Aber sie können wiederkommen, können wiederkommen. Klumpe-Dumpe fiel die Treppe hinunter und bekam doch die Prinzessin. Vielleicht kann ich auch eine Prinzessin bekommen.« Und dann dachte der Tannenbaum an eine kleine, niedliche Birke, die draußen im Walde wuchs. Das war für den Tannenbaum eine wirkliche, schöne Prinzessin.

»Wer ist Klumpe-Dumpe?«, fragten die kleinen Mäuse. Da erzählte der Tannenbaum das ganze Märchen. Er konnte sich jedes einzelnen Wortes entsinnen. Die kleinen Mäuse sprangen aus reiner Freude bis an die Spitze des Baumes. In der folgenden Nacht kamen weit mehr Mäuse und am Sonntag sogar zwei Ratten. Aber die meinten, die Geschichte sei nicht hübsch und das betrübte die kleinen Mäuse, denn nun hielten sie auch weniger davon.

»Wissen Sie nur die eine Geschichte?«, fragten die Ratten.

»Nur die eine«, antwortete der Baum, »die hörte ich an meinem glücklichsten Abend, aber damals dachte ich nicht daran, wie glücklich ich war.«

»Das ist eine höchst jämmerliche Geschichte. Kennen Sie keine von Speck und Kerzenlicht? Keine Speisekammergeschichte?«

»Nein!«, sagte der Baum.

»Ja, dann danken wir dafür!«, erwiderten die Ratten und gingen zu den Ihrigen zurück.

Die kleinen Mäuse blieben zuletzt auch weg und da seufzte der Baum: »Es war doch ganz hübsch, als sie um mich herumsaßen, die beweglichen kleinen Mäuse, und zuhörten, wie ich erzählte. Nun ist auch das vorbei. Aber ich werde gerne daran denken, wenn ich wieder hervorgenommen werde.«

Aber wann geschah das? Es war eines Morgens, da kamen Leute und wirtschafteten auf dem Dachboden. Die Kasten wurden weggesetzt, der Baum wurde hervorgezogen. Die warfen ihn ziemlich hart gegen den Fußboden, aber ein Diener schleppte ihn gleich nach der Treppe hin, wo der Tag leuchtete.

»Nun beginnt das Leben wieder!«, dachte der Baum. Er fühlte die frische Luft, die ersten Sonnenstrahlen und nun war er draußen im Hof. Alles ging geschwind, der Baum vergaß völlig, sich selbst zu betrachten, da war so vieles ringsumher zu sehen. Der Hof stieß an einen Garten und alles blühte darin. Die Rosen hingen frisch und duftend über das kleine Gitter hinaus, die Lindenbäume blühten und die Schwalben flogen umher und sagten: »Quirrevirrevit, mein Mann ist kommen!« Aber es war nicht der Tannenbaum, den sie meinten.

»Nun werde ich leben!«, jubelte der und breitete seine Zweige weit aus. Aber ach, die waren alle vertrocknet und gelb und er lag da zwischen Unkraut und Nesseln. Der Stern von Goldpapier saß noch oben in der Spitze und glänzte im hellen Sonnenschein.

Im Hofe selbst spielten ein paar der munteren Kinder, die zur Weihnachtszeit den Baum umtanzt hatten und so froh über ihn gewesen waren. Eins der kleinsten lief hin und riss den Goldstern ab. »Sieh, was da noch an dem hässlichen, alten Tannenbaum sitzt!«, sagte es und trat auf die Zweige, sodass sie unter seinen Stiefeln knackten.

Der Baum sah auf all die Blumenpracht und Frische im Garten, er betrachtete sich selbst und wünschte, dass er in seinem dunklen Winkel auf dem Dachboden geblieben wäre. Er gedachte seiner frischen Jugend im Wald, des lustigen Weihnachtsabends und der kleinen Mäuse, die so munter die Geschichte von Klumpe-Dumpe angehört hatten.

»Vorbei, vorbei!«, sagte der arme Baum. »Hätte ich mich doch gefreut, als ich es noch konnte! Vorbei, vorbei.«

Der Diener kam und hieb den Baum in kleine Stücke, ein ganzes Bund lag da, hell flackerte es auf unter dem großen Braukessel. Der Baum seufzte tief und jeder Seufzer war einem kleinen Schuss gleich. Deshalb liefen die Kinder, die da spielten, herbei und setzten sich vor das Feuer, blickten hinein und riefen: »Piff, paff!« Aber bei jedem Knall, der ein tiefer Seufzer war, dachte der Baum an einen Sommerabend im Walde oder an eine Winternacht da draußen, wenn die Sterne funkelten. Er dachte an den Weihnachtsabend und an Klumpe-Dumpe, das einzige Märchen, das er gehört hatte und zu erzählen wusste — und dann war der Baum verbrannt.

Die Knaben spielten im Garten und der kleinste hatte den Goldstern auf der Brust, den der Baum an seinem glücklichsten Abend getragen hatte. Nun war der vorbei, und mit dem Baum war es vorbei und mit der Geschichte auch; vorbei, vorbei.

Und so geht es mit allen Geschichten!

PAVEL BAZHOV

SILBERHUF

Es lebte in unserer Bergarbeiter-Siedlung ein alter Mann allein, der den Spitznamen Gevatter Grambart trug.

Eine Familie hatte Gevatter Grambart nicht mehr und er dachte sich aus, eine Waise als Kind aufzunehmen. Er fragte die Nachbarn, ob sie nicht jemanden wüssten und die Nachbarn sagten:

»In dem Dorf nebenan sind die Kinder von Meister Gregor vor kurzem verwaist. Der Verwalter hat befohlen, die älteren Mädchen in die herrschaftliche Manufaktur zu geben, allein das kleine sechsjährige Mädchen kann niemand brauchen. Also nimm sie auf ...«

»Ein Mädchen nützt mir nichts. Ein kleiner Junge wär mir lieber. Ich würde ihn mein Geschäft lehren und ihn als Gehilfen großziehen. Aber was soll ich mit einem Mädchen? Was soll ich ihr denn beibringen?«

Dann dachte er darüber nach, dachte und dachte und sagte: »Ich kannte Gregor und auch seine Frau. Gewitzt und geschickt waren die beiden. Wenn das Mädchen nach seinen Eltern gerät, wird es mit ihr nicht langweilig in der Hütte. Ich nehme sie. Aber wird sie mit mir mitkommen?«

Die Nachbarn erklärten: »Sie hat ein arg schlechtes Leben. Der Verwalter gab die Hütte von Gregor einem armen Schlucker und hat ihm befohlen, als Gegenleistung die Waise durchzufüttern, bis sie groß ist. Aber der hat selbst eine Familie von mehr als zehn. Die essen sich selber nicht satt. Da fällt die Hausfrau über das Waisenkind her und schimpft es aus, weil es zu viel gegessen hätte. Die ist zwar klein, aber sie versteht alles. Es ist bitter für sie. Natürlich macht sie sich mit dir davon aus diesem Leben. Du wirst sie schon überreden, nicht wahr?«

»Das ist auch wahr!«, antwortete Gevatter Grambart. »Ich werde sie irgendwie überreden.«

An einem Festtag kam er also zu den Leuten, bei denen das Waisenkind lebte. Er sah, dass die Hütte voller Menschen war, groß und klein. Am Ofen saß das Mädchen, daneben eine graubraune Katze. Das Mädchen war klein und die Katze war klein und dermaßen mager und räudig, dass kaum jemand so eine Katze in die Hütte lassen würde. Das kleine Mädchen streichelte die Katze und die schnurrte so klangvoll, dass man es in der ganzen Hütte hörte.

Gevatter Grambart betrachtete das kleine Mädchen und fragte: »Ist das da die Gabe von Gregor?«

Die Hausfrau antwortete: »Genau die. Sie alleine ist mir schon zu viel und sie hat auch noch irgendwo diese räudige Katze zu sich genommen. Wir können sie nicht wegjagen. Sie hat alle meine Kinder gekratzt und füttern soll man sie auch noch!«

Da sagte Gevatter Grambart: »Wahrscheinlich sind deine Kinder nicht lieb. Bei dem kleinen Mädchen schnurrt sie doch.«

Dann fragte er das Waisenkind: »Also, wie sieht es aus, du kleine Gabe? Willst du bei mir wohnen?«

Das kleine Mädchen war überrascht: »Woher wusstest du denn, Großpapa, dass ich Gabi heiße?«

»Na irgendwie«, antwortete er, »es ist mir so herausgerutscht. Hab's nicht gewusst, hab's nicht ersonnen, bin zufällig darauf gekommen.«

»Was bist du eigentlich für einer?«, fragte das kleine Mädchen.

»Ich«, sagte er, »bin so eine Art Jäger. Im Sommer wasche ich Sand und suche Gold und im Winter laufe ich im Wald herum auf der Suche nach einem Bock, aber ich kriege ihn einfach nicht zu sehen.«

»Wirst du ihn totschießen?«

»Nein«, antwortete Gevatter Grambart. »Ich schieße auf einfache Böcke, aber diesen werde ich nicht erschießen. Ich will sehen, an welcher Stelle er mit seinem rechten Vorderfuß aufstampft.«

»Wozu willst du das wissen?«

»Also, komm, wenn du bei mir wohnst, dann erzähle ich auch alles.«

Das kleine Mädchen war neugierig und wollte mehr über diesen Bock erfahren. Und sie hatte auch schon gesehen, dass der alte Mann lustig und sanftmütig war. Also sagte sie: »Ich komme mit. Nur nimm die Katze Murrli auch mit. Guck mal, wie lieb sie ist.«

»Ist doch klar«, antwortete Gevatter Grambart. »Wer so eine klangvolle Katze nicht mitnimmt, ist ein Narr. Sie wird uns in der Hütte die Mandoline ersetzen.«

Die Hausfrau hörte sie reden. Sie war froh, so froh, dass Gevatter Grambart das Waisenkind zu sich nehmen wollte. Sie fing gleich an, Gabis Habseligkeiten zusammenzusuchen. Sie hatte Angst, dass der alte Mann seine Meinung ändern könnte. Es schien, als ob auch die Katze das ganze Gespräch verstehen würde. Sie rieb sich an ihren Beinen und schnurrte: »Das hast du rrrrrrichtig überlegt. Rrrrrrichtig.«

Also nahm Gevatter Grambart das Waisenkind bei sich auf. Er war groß und bärtig, sie war klitzeklein und hatte ein Knopfnäschen. Sie gingen die Straße entlang und das räudige Katzenwesen hüpfte hinter ihnen her.

So begannen Großvater Grambart, das Waisenkind Gabi und die Katze Murrli zusammen zu wohnen.

Sie lebten so vor sich hin, große Güter erwarben sie nicht, aber darüber beklagten sie sich nicht, und jeder hatte zu tun. Gevatter Grambart ging morgens zur Arbeit, Gabi räumte die Hütte auf, kochte Suppe und Brei und die Katze Murrli ging auf die Jagd und fing Mäuse. Gegen Abend saßen sie zusammen und waren vergnügt.

Der alte Mann war ein Meister im Märchen-Erzählen. Gabi liebte es, Märchen zu hören und die Katze Murrli lag da und schnurrte: »Es ist rrrrrrichtig, was er sagt. Rrrrrrichtig.«

Aber nach jedem Märchen erinnerte ihn Gabi: »Großpapa, erzähl vom Bock. Wie sieht er aus?«

Zuerst redete Gevatter Grambart sich heraus, aber dann erzählte er: »Dieser Bock ist etwas Besonderes. Er hat einen Silberhuf an seinem rechten Vorderfuß. An der Stelle, wo er mit dem Huf aufstampft, zeigt sich ein Edelstein. Wenn er einmal aufstampft — ein Stein. Wenn er zweimal aufstampft — zwei Steine. Und wo er mit dem Huf trappelt, liegt ein ganzer Haufen von Edelsteinen.«

Kaum hatte er das gesagt, war es mit seiner Ruhe vorbei. Seitdem redete Gabi von nichts anderem als diesem Bock.

»Großpapa, ist er groß?«

Gevatter Grambart erzählte ihr, der Bock sei nicht höher gewachsen als der Tisch, er hätte dünne Beine und einen feinen Kopf.

Und Gabi fragte weiter: »Großpapa, hat er Hörner?«

»Seine Hörner«, sagte er, »sind vorzüglich. Einfache Böcke haben zwei Sprossen und dieser hat fünf.«

»Großpapa, und wen frisst er?«

»Niemanden frisst er«, antwortete er. »Er ernährt sich von Gras und Blättern. Na, und im Winter frisst er auch Heu aus den Heuschobern.«

»Großpapa, aber wie sieht sein Fell aus?«

»Im Sommer«, antwortete er, »ist es braun wie bei unserer Murrli und im Winter ist es grau.«

Im Herbst traf Gevatter Grambart Vorbereitungen, um in den Wald zu gehen. Er musste nachschauen, in welcher Himmelsrichtung die meisten der Böcke weiden würden.

Und gleich bettelte Gabi: »Nimm mich mit, Großpapa! Vielleicht sehe ich dieses Böcklein wenigstens von weitem.«

Aber Gevatter Grambart erklärte ihr: »Aus der Ferne kann man ihn doch gar nicht erkennen. Alle Böcke haben im Herbst Hörner. Man kann nicht sagen, wie viele Sprossen sie tragen. Im Winter ist das anders. Einfache Böcke verlieren im Winter die Hörner, aber dieser hier — Silberhuf — trägt immer Hörner, im Sommer wie im Winter. Daran kann man ihn aus der Ferne erkennen.« So redete er sich also heraus. Gabi blieb zu Hause und Gevatter Grambart ging fort in den Wald.

So ungefähr nach fünf Tagen kam er zurück und erzählte Gabi: »Dieses Jahr weiden viele Böcke auf der Südseite. Da gehe ich dann im Winter hin.«

»Wie«, fragte Gabi, »du bleibst im Winter über Nacht im Wald?«

»Dort«, antwortete er, »habe ich mir eine winterfeste Hütte bei den steilen Heuwiesen hingestellt. Eine gute Hütte, mit einem Ofen und einem Fensterchen. Da ist es schön.«

Wieder fragte Gabi: »Großpapa, wird Silberhuf auch auf dieser Seite weiden?«

»Wer weiß. Kann sein, er ist auch dort.«

Und schon wieder bettelte Gabi: »Großpapa, nimm mich mit! Ich bleibe in der Hütte sitzen. Vielleicht kommt Silberhuf ganz in die Nähe, dann streichle ich ihn.«

Zuerst wedelte der Alte mit den Armen: »Bist du noch bei Troste? Was denkst du dir nur! Ein kleines Mädchen kann im Winter nicht im Wald herumlaufen! Da muss man Ski fahren und das kannst du nicht. Im Schnee wirst du versinken. Was soll ich da mit dir anfangen? Erfrieren wirst du mir noch!«

Aber Gabi hörte überhaupt nicht auf zu betteln. »Nimm mich mit, Großpapa! So ein bisschen Skilaufen kann ich.«

Gevatter Grambart wollte ihr das unbedingt ausreden, aber dann dachte er für sich: »Soll ich sie doch mitnehmen? Wenn sie einmal mitkommt, wird sie ein anderes Mal nicht mehr betteln.«

Dann sagte er: »Also gut, ich nehme dich mit. Aber — damit das klar ist — im Wald wird nicht geheult und vor der Zeit nach Hause wollen gibt's nicht!«

Als es richtig mächtig Winter wurde, machten sie sich fertig für den Wald. Gevatter Grambart legte zwei Säcke Zwieback, Jagd- und anderes Zubehör, das er brauchte, auf den Handschlitten. Gabi knotete für sich auch ein Tuch zusammen. Sie nahm kleine Lappen mit, um der Puppe ein Kleid zu nähen, ein Knäuel Fäden, eine Nadel und auch noch eine dünne Kordel. »Warum soll ich nicht mit dieser Kordel Silberhuf fangen?«

Gabi tat es leid, ihre Katze dazulassen, aber was sollte sie machen? Sie streichelte die Katze zum Abschied und redete mit ihr: »Murrli, der Großvater und ich, wir gehen in den Wald, und du, bleib zu Hause sitzen, fang Mäuse. Wenn wir Silberhuf gesehen haben, kehren wir wieder zurück. Dann erzähle ich dir alles.«

Die Katze schaute listig und schnurrte vor sich hin: »Rrrrrrichtig hast du dir das überlegt. Rrrrrrrichtig!«

Und Gevatter Grambart und Gabi gingen los. Alle Nachbarn wunderten sich nur: »Der Alte hat den Verstand verloren! So ein kleines Mädchen nimmt er im Winter mit in den Wald!«

Als Gevatter Grambart und Gabi gerade aus der Siedlung hinausgingen, hörten sie, dass die Köter außer Rand und Band waren. Sie erhoben ein Gebell und Gejaule, als hätten sie ein wildes Tier auf den Straßen gesehen. Sie blickten sich um — und da sauste Murrli mitten auf der Straße entlang und jagte die Hunde davon. Murrli war inzwischen kräftig. Groß und gesund war sie geworden. Die Köter trauen sich nicht einmal in ihre Nähe.

Da wollte Gabi die Katze fangen und nach Hause tragen, bloß wie? Murrli war bis zum Wald gerannt und schon saß sie oben auf der Fichte. Da fang sie mal! Gabi rief sie eine Weile, aber sie konnte die Katze nicht herbeilocken. Was tun? Sie gingen weiter. Und schau an — da lief Murrli an ihrer Seite. So gelangten sie zur Hütte.

Und nun waren sie zu dritt in der Hütte. Gabi fand das gut: »So ist es lustiger. Gevatter Grambart stimmte zu: »Klar ist's lustiger.«

Und die Katze Murrli rollte sich am Ofen zusammen und schnurrte klangvoll: »Rrrrrrichtig sagst du das. Rrrrrrichtig.«

In diesem Winter gab es viele Böcke. Also einfache. Gevatter Grambart schleppte jeden Tag mal einen, mal zwei zur Hütte. Felle gab es massig, vom Fleisch salzten sie so viel ein, dass man es auf dem Handschlitten nicht abtransportieren konnte. Also musste man in die Siedlung gehen und ein Pferd holen — aber man konnte doch nicht Gabi mit der Katze allein im Wald lassen! Nur hatte Gabi sich im Wald eingewöhnt. Sie sagte selbst zu dem Alten: »Großpapa, geh du vielleicht ins Dorf ein Pferd holen. Das Salzfleisch muss doch nach Hause gebracht werden.«

Das wunderte Gevatter Grambart nun aber: »Was bist du für ein kluges Köpfchen, Frau Gabi! Vernünftig wie eine Große. Aber allein wirst du wohl doch Angst kriegen.«

»Wovor soll ich mich fürchten?« antwortete sie. »Unsere Hütte ist fest, die Wölfe kriegen mich nicht. Und Murrli ist bei mir. Ich kriege keine Angst. Aber komm trotzdem bald zurück!«

Gevatter Grambart ging los. Gabi blieb mit Murrli da. Am Tag saß sie zu Hause wie gewöhnlich, wenn Gevatter Grambart Böcke aufspürte ... Als es dunkelte, begann sie sich doch ein bisschen zu fürchten. Ihr Blick fiel auf Murrli — die lag vollkommen ruhig da und Gabi wurde auch wieder fröhlicher zumute. Sie setzte sich ans Fenster, schaute hinaus in Richtung auf die steilen Heuwiesen und sah, dass vom Wald her ein Knäuel herangerollt kam. Als es näher heranrollte, erkannte sie, dass da ein Bock heranjagte. Dünne Beine, ein feiner Kopf und mit fünf Sprossen an jedem Horn. Da flitzte Gabi hinaus, um nachzusehen, aber — niemand da. Sie wartete und wartete, kehrte in die Hütte zurück und sagte:

»Ich bin wohl eingenickt. Ich hab' mir das eingebildet.«

Murrli schnurrte: »Rrrrrrichtig gesagt, rrrrrrichtig.«

Gabi legte sich neben die Katze, schlief ein und schlief bis zum Morgen.

Noch ein Tag verging. Gevatter Grambart kam nicht zurück. Gabi fühlte sich ein wenig verlassen, aber sie weinte nicht. Sie streichelte Murrli und sprach dabei: »Wir brauchen uns nicht verlassen zu fühlen, liebe Murrli! Morgen kommt der Großpapa ganz bestimmt wieder.«

Murrli sang ihr Liedchen: »Rrrrrrichtig hast du das gesagt. Rrrrrrichtig.«

Gabi saß wieder am Fenster und erfreute sich an den Sternen.

Sie wollte sich schlafen legen — als plötzlich an der Wand ein Stampfen zu hören war. Gabi erschrak, und da — ein Stampfen an der anderen Wand, dann an der Fensterwand, dann an der Türwand und dann begann es auch ein paarmal von oben zu stampfen. Nicht laut, nur als ob jemand Leichtes und Schnelles läuft.

Und Gabi dachte: »Ob dieser Bock, der von gestern, hergekommen ist?«

Und sie wollte so unbedingt nachschauen, dass auch die Furcht sie nicht hielt. Sie hatte die Tür aufgemacht, und der Bock — da war er, ganz nah. Er hielt den rechten Vorderfuß hoch als wollte er aufstampfen und daran glänzte der silberne Huf und die Hörner des Bocks hatten fünf Sprossen.

Gabi wusste nicht, was sie tun sollte und lockte ihn herbei wie ein Haustier: »Meck — meck — meck!«

Da fing der Bock richtig an zu lachen! Er drehte sich um und rannte los.

Die kleine Gabi ging in die Hütte und erzählte Murrli: »Ich habe Silberhuf mir angeguckt. Und die Hörner habe ich gesehen und den Huf habe ich gesehen. Nur habe ich nicht gesehen, wie dieser Bock aufstampft und Edelsteine herausschlägt. Das nächste Mal wird er es sicher zeigen.«

Und schon sang Murrli ihr Liedchen: »Rrrrrrichtig hast du das gesagt, rrrrrrichtig.«

Der dritte Tag verging und immer noch kam Gevatter Grambart nicht. Gabi wurde ganz arg traurig. Ihre Tränchen begannen zu tropfen. Sie wollte mit Murrli sprechen, aber die war nicht da. Da erschrak die kleine Gabi ganz und gar und lief aus der Hütte hinaus, um die Katze zu suchen.

Die Nacht war mondhell, man konnte weit sehen.

Da sah Gabi die Katze in der Nähe auf der steilen Heuwiese sitzen — vor ihr stand der Bock.

Er stand da, hob einen Fuß hoch und daran glänzte der silberne Huf. Murrli wiegte ein bisschen den Kopf hin und her und der Bock auch. Als ob sie sich unterhalten würden. Dann rannten sie los über die steilen Heuwiesen.

Der Bock rannte und rannte, blieb stehen und fing an mit dem Huf zu stampfen. Murrli lief herzu, der Bock sprang weiter weg und stampfte wieder mit dem Huf. Lange rannten sie so auf den steilen Heuwiesen herum. Dann waren sie nicht mehr zu sehen. Schließlich kamen sie wieder direkt zur Hütte zurück. Da machte der Bock einen Sprung direkt auf das Dach und fing an, mit dem Silberhuf darauf zu schlagen. Wie Funken sprühten Steinchen unter dem Fuß hervor. Rote, blaue, grüne, türkisfarbene — alle Arten.

Gerade zu dieser Zeit kehrte auch Gevatter Grambart zurück. Er konnte seine Hütte nicht wiedererkennen. Sie war ganz und gar zu einem Wirbel aus Edelsteinen geworden. Sie brannte und funkelte von den verschiedenen Feuern. Obendrauf stand der Bock und schlug und schlug mit dem Silberhuf und die Steine hörten nicht auf zu prasseln.

Plötzlich sprang Murrli auch dorthin. Sie stellte sich neben den Bock, miaute laut, und Murrli und Silberhuf waren verschwunden.

Gevatter Grambart schaufelte sofort eine halbe Kappe voller Edelsteine zusammen, aber Gabi bat: »Fass sie nicht an, Großpapa! Morgen schauen wir uns das noch am Tag an.«

Gevatter Grambart hörte auf sie. Aber gegen Morgen fiel sehr viel Schnee. Alle Steine waren zugeschneit. Sie gruben den Schnee um, fanden aber nichts. Aber das, was Gevatter Grambart in seine Kappe gesammelt hatte, reichte ihnen auch so.

Alles wäre gut, wenn es nicht so schade wäre um Murrli. Sie wurde nicht mehr gesehen und Silberhuf zeigte sich auch nicht mehr. Er hatte einmal seinen Spaß — und das war's.

Aber auf den steilen Heuwiesen, auf denen der Bock herumgesprungen war, fanden die Leute nun Edelsteine. Zumeist grüne. Chrysolithe heißen die. Habt ihr sie gesehen?

Brüder Grimm

Die Wichtelmänner

Es war ein Schuster ohne seine Schuld so arm geworden, dass ihm schließlich nichts mehr übrigblieb als Leder zu einem einzigen Paar Schuhe. Nun schnitt er am Abend die Schuhe zu, die wollte er den nächsten Morgen in Arbeit nehmen. Und weil er ein gutes Gewissen hatte, so legte er sich ruhig zu Bett, überließ sich dem lieben Gott und schlief ein.

Morgens, nachdem er sein Gebet verrichtet hatte und sich zur Arbeit niedersetzen wollte, so standen die beiden Schuhe ganz fertig auf seinem Tisch. Er wunderte sich und wusste nicht, was er dazu sagen sollte. Er nahm die Schuhe in die Hand, um sie näher zu betrachten: Sie waren so sauber gearbeitet, dass kein Stich daran falsch war, gerade als wenn es ein Meisterstück sein sollte.

Bald darauf trat auch schon ein Käufer ein und weil ihm die Schuhe so gut gefielen, bezahlte er mehr als gewöhnlich dafür und der Schuster konnte von dem Geld Leder zu zwei Paar Schuhen erhandeln.

Er schnitt sie abends zu und wollte den nächsten Morgen mit frischem Mut an die Arbeit gehen, aber er brauchte es nicht, denn als er aufstand, waren sie schon fertig. Und es blieben auch nicht die Käufer aus, die ihm so viel Geld gaben, dass er Leder für vier Paar Schuhe einkaufen konnte. Er fand frühmorgens auch die vier Paar fertig — und so ging's immerfort. Was er abends zuschnitt, das war am Morgen verarbeitet, bis er bald wieder sein ehrliches Auskommen hatte und endlich ein wohlhabender Mann war.

Nun geschah es eines Abends, nicht lange vor Weihnachten, als der Mann wieder zugeschnitten hatte, dass er vorm Schlafengehen zu seiner Frau sprach: »Wie wär's, wenn wir diese Nacht aufblieben, um zu sehen, wer uns solche hilfreiche Hand leistet?«

Die Frau stimmte zu und zündete eine Kerze an. Darauf verbargen sie sich in den Stubenecken hinter den Kleidern, die da aufgehängt waren, und gaben acht.

Als es Mitternacht war, da kamen zwei kleine, niedliche nackte Männlein, setzten sich vor des Schusters Tisch, nahmen alle zugeschnittene Arbeit zu sich und fingen an, mit ihren Fingerlein so flink und schnell zu stechen, zu nähen, zu klopfen, dass der Schuster vor Verwunderung die Augen nicht abwenden konnte. Sie ließen nicht nach, bis alles zu Ende gebracht war und fertig auf dem Tische stand, dann sprangen sie schnell fort.

Am Morgen sprach die Frau: »Die kleinen Männer haben uns reich gemacht, wir müssten uns doch dankbar dafür bezeigen. Sie laufen so herum, haben nichts am Leib und müssen frieren. Weißt du was? Ich will Hemdlein, Rock, Jacke und Höslein für sie nähen, auch jedem ein Paar Strümpfe stricken.

Mach du jedem ein Paar Schühlein dazu.«

Der Mann sprach: »So soll es wohl sein.« Und abends, wie sie alles fertig hatten, legten sie die Geschenke statt der zugeschnittenen Arbeit zusammen auf den Tisch und versteckten sich dann, um mit anzusehen, wie sich die Männlein dazu anstellen würden.

Um Mitternacht kamen sie herangesprungen und wollten sich gleich an die Arbeit machen, als sie aber kein zugeschnittenes Leder, sondern die niedlichen Kleidungsstücke fanden, verwunderten sie sich erst, dann aber bezeugten sie eine gewaltige Freude. Mit der größten Geschwindigkeit zogen sie sich an, strichen die schönen Kleider am Leib und sangen:

»Sind wir nicht Knaben glatt und fein?
Was sollen wir länger Schuster sein!«

Dann hüpften und tanzten sie und sprangen über Stühle und Bänke. Endlich tanzten sie zur Tür hinaus. Von nun an kamen sie nicht wieder. Dem Schuster aber ging es wohl, solang er lebte und es glückte ihm alles, was er unternahm.

Selma Lagerlöf

Die Heilige Nacht

Es war an einem Weihnachtstag, alle waren zur Kirche gefahren, außer Großmutter und mir. Ich glaube, wir beide waren im ganzen Hause allein. Wir hatten nicht mitfahren können, weil die eine zu jung und die andere zu alt war. Und alle beide waren wir betrübt, dass wir nicht zur Messe fahren und die Weihnachtslichter sehen konnten. Aber wie wir so in unserer Einsamkeit saßen, fing Großmutter zu erzählen an.

»Es war einmal ein Mann«, sagte sie, »der in die dunkle Nacht hinausging, um sich Feuer zu leihen. Er ging von Haus zu Haus und klopfte an.

›Ihr lieben Leute, helft mir!‹, sagte er. ›Mein Weib hat eben ein Kindlein geboren und ich muss Feuer anzünden, um es und den Kleinen zu erwärmen!‹

Aber es war tiefe Nacht, sodass alle Menschen schliefen, und niemand antwortete ihm. Der Mann ging und ging. Endlich erblickte er in weiter Ferne einen Feuerschein. Da wanderte er in diese Richtung und sah, dass das Feuer im Freien brannte. Eine Menge weißer Schafe lag rings um das Feuer und schlief und ein alter Hirte wachte über der Herde. Als der Mann, der Feuer leihen wollte, zu den Schafen kam, sah er, dass drei große Hunde zu Füßen des Hirten ruhten und schliefen. Sie erwachten alle drei bei seinem Kommen und rissen ihre Mäuler auf, als ob sie bellen wollten, aber man vernahm keinen Laut. Der Mann sah, dass sich die Haare auf ihrem Rücken sträubten, er sah, wie ihre scharfen Zähne funkelnd weiß im Feuerschein leuchteten und wie sie auf ihn losstürzten. Er fühlte, dass einer nach seiner Hand schnappte und dass einer sich an seine Kehle hängte. Aber die Kinnladen und die Zähne, mit denen die Hunde beißen wollten, gehorchten ihnen nicht und der Mann litt nicht den kleinsten Schaden. Nun wollte der Mann weitergehen, um das zu finden, was er brauchte. Aber die Schafe lagen so dicht nebeneinander, Rücken an Rücken, dass er nicht vorwärtskommen konnte. Da stieg der Mann auf die Rücken der Tiere und wanderte über sie hin dem Feuer zu. Und keins von den Tieren wachte auf oder regte sich.«

So weit hatte Großmutter ungestört erzählen können, aber nun konnte ich es nicht lassen, sie zu unterbrechen.

»Warum regten sie sich nicht, Großmutter?«, fragte ich.

»Das wirst du nach einem Weilchen schon erfahren«, sagte Großmutter und fuhr mit ihrer Geschichte fort.

»Als der Mann fast beim Feuer angelangt war, sah der Hirte auf. Es war ein alter, mürrischer Mann, der unwirsch und hart gegen alle Menschen war. Und als er einen Fremden kommen sah, griff er nach seinem langen, spitzen Stab, den er in der Hand zu halten pflegte, wenn er seine Herde hütete, und warf ihn nach ihm. Und der Stab fuhr zischend gerade auf den Mann los, aber ehe er ihn traf, wich er zur Seite und sauste an ihm vorbei weit über das Feld.«

Als Großmutter so weit gekommen war, unterbrach ich sie abermals. »Großmutter, warum wollte der Stock den Mann nicht schlagen?« Aber Großmutter ließ es sich nicht einfallen, mir zu antworten, sondern fuhr mit ihrer Erzählung fort.

»Nun kam der Mann zu dem Hirten und sagte zu ihm: ›Guter Freund, hilf mir und leih mir ein wenig Feuer. Mein Weib hat eben ein Kindlein geboren und ich muss Feuer machen, um es und den Kleinen zu erwärmen.‹

Der Hirte hätte am liebsten nein gesagt, aber als er daran dachte, dass die Hunde dem Mann nicht hatten schaden können, dass die Schafe nicht vor ihm davongelaufen waren und dass sein Stab ihn nicht fällen wollte, da wurde ihm ein wenig bange und er wagte es nicht, dem Fremden das abzuschlagen, was er begehrte.

›Nimm, so viel du brauchst‹, sagte er zu dem Mann.

Aber das Feuer war beinahe ausgebrannt. Es waren keine Scheite und

Zweige mehr übrig, sondern nur ein großer Gluthaufen und der Fremde hatte weder Schaufel noch Eimer, worin er die roten Kohlen hätte tragen können. Als der Hirte dies sah, sagte er abermals: ›Nimm, so viel du brauchst!‹

Und er freute sich, dass der Mann kein Feuer wegtragen konnte. Aber der Mann beugte sich hinunter, holte die Kohlen mit bloßen Händen aus der Asche und legte sie in seinen Mantel. Und weder versengten die Kohlen seine Hände, als er sie berührte, noch versengten sie seinen Mantel — sondern der Mann trug sie fort, als wenn es Nüsse oder Äpfel gewesen wären.«

Aber hier wurde die Märchenerzählerin zum dritten Mal unterbrochen. »Großmutter, warum wollte die Kohle den Mann nicht brennen?«

»Das wirst du schon hören«, sagte Großmutter und dann erzählte sie weiter.

»Als dieser Hirte, der ein so böser, mürrischer Mann war, dies alles sah, begann er sich zu wundern: Was kann dies für eine Nacht sein, wo die Hunde nicht beißen, die Schafe nicht erschrecken, die Lanze nicht tötet und das Feuer nicht brennt? Er rief den Fremden zurück und sagte zu ihm: ›Was ist dies für eine Nacht? Und woher kommt es, dass alle Dinge dir Barmherzigkeit zeigen?‹

Da sagte der Mann: ›Ich kann es dir nicht sagen, wenn du selber es nicht siehst.‹ Und er wollte seiner Wege gehen, um bald ein Feuer anzünden und Weib und Kind wärmen zu können.

Aber da dachte der Hirte, er wolle den Mann nicht ganz aus dem Gesicht verlieren, bevor er erfahren hätte, was dies alles bedeute.

Er stand auf und ging ihm nach, bis er dorthin kam, wo der Fremde daheim war. Da sah der Hirte, dass der Mann nicht einmal eine Hütte hatte, um darin zu wohnen, sondern er hatte sein Weib und sein Kind in einer Berggrotte liegen, wo es nichts gab als nackte, kalte Steinwände.

Aber der Hirte dachte, dass das arme unschuldige Kindlein vielleicht dort in der Grotte erfrieren würde und obgleich er ein harter Mann war, wurde er davon doch ergriffen und beschloss, dem Kind zu helfen. Und er löste seinen Ranzen von der Schulter und nahm daraus ein weiches, weißes Schaffell hervor. Das gab er dem fremden Mann und sagte, er möge das Kind darauf betten. Aber in demselben Augenblick, in dem er zeigte, dass auch er barmherzig sein konnte, wurden ihm die Augen geöffnet und er sah, was er vorher nicht hatte sehen, und hörte, was er vorher nicht hatte hören können. Er sah, dass rund um ihn ein dichter Kreis von kleinen, silberbeflügelten Englein stand. Und jedes von ihnen hielt ein Saitenspiel in der Hand und alle sangen sie mit lauter Stimme, dass in dieser Nacht der Heiland geboren wäre, der die Welt von ihren Sünden erlösen solle.

Da begriff er, warum in dieser Nacht alle Dinge so froh waren, dass sie niemand etwas zu Leide tun wollten. Und nicht nur rings um den Hirten waren Engel, sondern er sah sie überall. Sie saßen in der Grotte und sie saßen auf dem Berge und sie flogen unter dem Himmel. Sie kamen in großen Scharen über den Weg gegangen und wie sie vorbeikamen, blieben sie stehen und warfen einen Blick auf das Kind.

Es herrschte Jubel und Freude und Singen und Spiel und das alles sah er in der dunklen Nacht, in der er zuvor nichts hatte wahrnehmen können. Und er wurde so froh, dass seine Augen geöffnet waren, dass er auf die Knie fiel und Gott dankte.«

Aber als Großmutter so weit gekommen war, seufzte sie und sagte: »Aber was der Hirte sah, das könnten wir auch sehen, denn die Engel fliegen in jeder Weihnachtsnacht unter dem Himmel, wenn wir sie nur wahrnehmen möchten.«

Und dann legte Großmutter ihre Hand auf meinen Kopf und sagte: »Dies sollst du dir merken, denn es ist so wahr, wie dass ich dich sehe und du mich siehst. Nicht auf Lichter und Lampen kommt es an und es liegt nicht an Mond und Sonne, sondern was Not tut, ist, dass wir Augen haben, die Gottes Herrlichkeit sehen können.«

MÄRCHENHAFTE WEIHNACHTEN

WINTERMÄRCHEN
AUS
ALLER WELT

Illustriert von Nina Ignatova, Olesia Kosmodemianskaia,
Natalia Grebtsova, Svetlana Kondesyuk,
Daria Pneva, Agata Dorobek, Elena Schweitzer, Vlada Shamova
Geschenkausgabe
im Rahmen der Serie »Unendliche Welten«
ISBN 978-3-963720-31-4
Lektorat: Johanna Furch
Übersetzung des Märchens »Silberhuf« von Karin Ruppelt
Satz, Layout und Coverdesign: Marianna Korsh
Gesamtkonzeption: Marianna Korsh

Gedruckt in der Druckerei PNB Print, Lettland

QR-CODE
»MÄRCHENHAFTE WEIHNACHTEN«
HIER ALS DIGITALES HÖRBUCH HERUNTERLADEN:

Wunder HAUS VERLAG
www.wunderhaus-verlag.de